Christine Grän

GRENZFÄLLE

rororo

Rowohlt

rororo thriller
Herausgegeben von Bernd Jost

Originalausgabe
Veröffentlicht im Rowohlt Taschenbuch Verlag GmbH,
Reinbek bei Hamburg, Januar 1992

Redaktion Jutta Schwarz
Umschlagfoto Thomas Henning
Umschlagtypographie Peter Wippermann/Britta Lembke
Satz Sabon (Linotronic 500)
Gesamtherstellung Clausen & Bosse, Leck
Printed in Germany
780-ISBN 3 499 43031 2

Die Hauptpersonen

Anna Marx	stößt an Grenzen
Philipp Handke	versucht Schadensbegrenzung
Susanne Sawitzki	überschätzt ihre Grenzen
Willi Wöhl	grenzt sich aus
Dr. Walter Fuhrmann	lebt mit Grenzfällen
Ingrid Wells	überquert Grenzen
Erich Wells	kennt keine Grenzen
Rolf Harrenberg	ist grenzenlos gierig
Andreas Schalke	ist grenzenlos dienstbar
Lutz Böhm	ist grenzenlos eifrig

I. Kapitel

Die kleinen, häßlichen Geheimnisse lassen sich nicht begraben. Sie werden lebendig, wenn du es nicht erwartest, und bringen dich um, wenn du dich sicher fühlst.

Die Frau am Fenster drehte sich zu dem Mann um, der ihr immer das Gefühl von Unterlegenheit gegeben hatte. Und jetzt Haß. Sie haßte ihn dafür, wie er auf ihrer schwarzen Ledercouch saß: wuchtig, selbstgefällig, die Beine übereinandergeschlagen, so daß man über dem Sokkenrand ein Stück behaartes Bein sehen mußte. Dunkle Haare über weißen Socken. Er war ihrem Blick gefolgt und bemühte sich nicht, seine Beinstellung zu verändern. Er lächelte jetzt. So gemein und überlegen, daß die Frau tief durchatmete, um ein Stöhnen zu vermeiden.

«Du hast dich kaum verändert», sagte der Mann. «Immer noch so hübsch wie die junge Studentin aus Ostberlin. Man möchte sagen, der Westen ist dir gut bekommen.»

Man möchte sagen... Diese Phrase hatte er immer noch drauf, nur der sächsische Akzent war fast verschwunden, so wie sein Oberlippenbart und die braunen Lederjacken, die er früher immer getragen hatte. West-Anzug, West-Schuhe, West-Haarschnitt, angepaßt bis auf das Ost-Gesicht, das grenzenlose Dienstbarkeit und geborgte Autorität in teigiger Mischung vereinte. Die Frau starrte ihn an und kaute an ihren Fingernägeln, eine Angewohnheit aus alten Tagen.

Er war gekommen, um eine Rechnung aus diesen alten Tagen zu begleichen, und sie wußte, daß sie zahlen würde... Trotzdem sagte sie: «Ihr habt mir versprochen, daß alles vorbei ist, wenn ich rübergehe. Und acht Jahre habt ihr das Versprechen gehalten. Warum jetzt? Jetzt, wo alles vorbei ist?»

Sie ist immer noch so naiv wie früher, dachte der Mann. Naiv und deshalb gefährlich. Er lächelte beruhigend: «Wir verlangen nichts Ungesetzliches von dir. Einen kleinen, unbedeutenden Gefallen: Du sollst ihm die Wahrheit sagen, das ist alles. Das kann doch nicht so schwer sein.»

Er hat keine Ahnung, wie gräßlich die Wahrheit ist, dachte die Frau. Und daß der Mann vor ihr gar nicht wußte, was das war: Wahrheit. Er war einer, der in der großen Lüge so geborgen war wie ein Kind im Schoß der Mutter. Der Mann hielt das, was er tat, für gut und richtig. Da war kein Platz für Wahrheit oder Lüge, sondern nur noch Selbstgerechtigkeit. Sie haßte ihn so sehr, daß sie sich beherrschen mußte, ihm nicht mit den Fingernägeln das Gesicht zu zerkratzen, den Nägeln, die sie noch nicht zerbissen hatte.

«Du mußt ihm nicht sagen, daß wir beide Geschlechtsverkehr miteinander hatten», sagte der Mann und fing ihre Hand auf, die ihn schlagen wollte. «Na, na, keine Aufregung. War ja nur einmal, das zählt doch nicht.»

Nein, dachte sie: In dem Dreck, in den du mich gezogen hast, zählen die einzelnen Fehler nicht mehr. Es ist alles gemein und widerwärtig, und ich war so dumm zu glauben, daß ich davonkomme. «Warum? Was soll das Ganze überhaupt?»

«Es geht um ein kleines, unbedeutendes Geschäft. Mit den Einzelheiten wollen wir dich gar nicht belasten.» Der Mann ließ ihren Arm los und versuchte, Vertrauen auszustrahlen.

«Und wenn ich nicht mitmache?»

Es hätte ihn beinahe enttäuscht, wenn die dumme Kuh

diese Frage nicht gestellt hätte. Und er brachte es fertig, herzlich zu lachen, bevor er seiner Stimme jene Schärfe gab, die schon ganz andere Kaliber eingeschüchtert hatte – in einem anderen Land allerdings. «Es existiert eine Akte über dich. An einem überaus sicheren Ort, aber es kann ja immer was passieren... Zum Beispiel, daß diese Akte in falsche Hände gerät... beim Staatsanwalt oder bei einem dieser Pressegeier... Na, den Rest kannst du dir ja wohl selbst ausmalen, meine Liebe.»

Wie ein Bild von großer Schärfe: die Blicke ihrer Freunde, die Kündigung, vielleicht Gefängnis... und die vielen Fragen, die sie vor sich selbst nie beantwortet hatte. «Hast du keine Angst, daß ich dich da mit hineinziehen könnte?» fragte sie den Mann, der jetzt so dicht vor ihr stand, daß sie seinen Atem spürte.

Hände, die jetzt schwer auf ihren Schultern lagen. «Das würde ich dir nicht raten. Mein Arm ist noch länger, als du glaubst.»

Glaube ihm, sagte eine Stimme, die sie aus der Vergangenheit kannte. Tu, was er sagt, denn das ist deine einzige Chance. Wehr dich, sagte die andere: Er kann dir nichts mehr tun. Stimmen im Kopf und Hände auf den Schultern, die sie niederdrückten, so klein machten. Die Frau senkte den Kopf in einer Geste der Demut, die der Mann vor ihr mit einem selbstgefälligen Lächeln zur Kenntnis nahm.

«Und was ist, wenn er nicht anruft?»

Er lächelte. «Oh, er wird anrufen. Verlaß dich drauf. Er wird anrufen, und du wirst ihm die Wahrheit sagen – und dann wirst du ihn nie wiedersehen – und mich auch nicht. Versprochen.»

Die Frau wollte ihm so gerne glauben. Sie forschte in seinem Gesicht nach einer Bestätigung, aber sein Gesicht war leer. Sie sagte: «Ich muß dir wohl glauben.»

«Kluges Mädchen.» Er nahm seinen Aktenkoffer aus

feinem schwarzen Leder und tätschelte ihr zum Abschied die Wange. Die Stelle brannte noch, als er längst gegangen war. Sie ging ins Badezimmer und starrte in ein Gesicht, das ihr verändert vorkam, plötzlich alt und gezeichnet von den Spuren böser kleiner Geheimnisse.

II. Kapitel

«Marx...? Anna Marx?»

Eine Mischung aus Frage und Anklage. Der Portier spielte mit seinem Computer, ziemlich ungelenk, wie Anna fand, und in jedem Fall zu lange. Sie trommelte mit den Fingern auf die Empfangstheke.

«Was ist? Gefällt Ihnen der Name nicht?»

Der Portier des Hotels *Stadt Leipzig* sah vom Bildschirm auf die große rothaarige Person, registrierte Wessi-Ungeduld, gepaart mit typischer Unverschämtheit, und war überrascht, daß sie jetzt grinste.

«Nein. Ich meine, ich habe keine Reservierung für Marx.» Ihr Lächeln war ansteckend: «Es tut mir sehr leid, aber...»

Durch die Halle, deren Innenausstattung dem real existierenden Sozialismus der gehobenen Form entsprach, schon ein wenig abgenutzt vom Lauf der Geschichte, eilte ein Mann auf das hilflos lächelnde Paar zu. Setzte zwei Koffer ab, sagte: «Ich habe unter meinem Namen reserviert, Anna.» Zum Portier: «Dr. Handke – aus Bonn. Ein Doppelzimmer für eine Nacht.»

Ja, natürlich, dachte Anna, während der Portier erleichtert seinen Computer bediente. Hättest gleich daran denken können, statt den armen Mann zu nerven: Ein Doppelzimmer für Handke und Marx klingt nicht so gut wie die Vortäuschung ehelicher Zweisamkeit. Für drei Tage. Drei Tage mit Philipp Handke, in denen sie Ehefrau spielen durfte. Ein Bonbon für Anna, die mal den Osten sehen wollte. Philipp wäre lieber nach Paris gefahren, aber er hatte sich ihrem beharrlichem Nörgeln gebeugt.

Philipp Handke, über das Anmeldeformular gebeugt: Er braucht eine neue Brille, dachte Anna – und er sah müde aus nach der Fahrt von Berlin nach Leipzig. Sie waren von Bonn nach Berlin geflogen und hatten dort einen Leihwagen gemietet, weil Anna der Meinung war, daß man ein Land durchfahren mußte, um es kennenzulernen. Keine Rücksicht auf die Rückenbeschwerden ihres Liebhabers, der sie jetzt mit ironischem Zwinkern fragte, ob sie das Anmeldeformular auch unterschreiben wollte. Ein Häppchen Emanzipation. Anna erwiderte mit einer eindeutigen Geste, der Portier reichte den Schlüssel über den Tresen und verneinte die Frage nach einem Gepäckträger.

«Ein tolles Hotel», sagte Anna im Lift, der groß genug war für zwei Personen mit drei Gepäckstücken.

Typisch Anna. Philipp erinnerte sie daran, daß sie nicht in das Luxushotel, sondern ins *Stadt Leipzig* gewollt hatte. «Du hast gesagt, im *Merkur* sei man in einer anderen Welt – und du wolltest eben diese erleben. Weißt du noch?»

Anna auf den Spuren der DDR: Wie hatte er sich nur jemals überreden lassen können, Paris gegen Leipzig zu tauschen? Annas dummes Gesicht beim Betreten des Doppelzimmers war nur eine kleine Entschädigung. Gelsenkirchner Barock in schäbigster Ausführung, das Zimmer war klein und miefig, und auf dem Doppelbett lag eine rosafarbene Nylonüberdecke, von Neonlicht bestrahlt.

Anna sagte: «Oh» – und dann nichts mehr.

«Sehr erotisch, findest du nicht?»

Anna öffnete schweigend ihren Koffer, den sie auf die rosafarbene Nylonüberdecke gelegt hatte. «Immerhin gibt es Telefon und Fernsehen und Video, he, schau mal, sogar Pornos sind im Angebot. Wieviel Erotik erwartest du denn?»

«Deine Anwesenheit reicht vollkommen.»

Philipp öffnete die Minibar. «Ist alles da, bloß die Kühlung funktioniert nicht.»

«Macht nichts», murmelte Anna, Kleidung bewegend. Sie hatte zuviel eingepackt, tat sie immer, man muß an alle Eventualitäten denken, hatte Mutter gesagt. O nein, nicht daran denken. Es lag jetzt sechs Monate zurück, und der Schmerz war nicht mehr allgegenwärtig, flackerte auf, wenn sie sich erinnerte, und verlor sich in einem bestimmten Gefühl des Verlustes. Auch einer von Mutters Sprüchen: Der Mensch erträgt alles. Wie hatten Carolines gesammelte Lebensweisheiten sie genervt – und jetzt fielen sie ihr bei jeder Gelegenheit ein und klangen nicht mehr lächerlich.

Philipp hatte sich ins Badezimmer zurückgezogen, sie hörte ein leises Stöhnen und dann das Geräusch eines Menschen, der sich vorsichtig auf einen Toilettendeckel setzt, von dem er glaubt, daß er unter ihm zusammenbrechen könnte. Er wird dort bleiben, bis ich ausgepackt habe, dachte Anna. Er haßt miese Hotelzimmer, aber er wird sich zusammennehmen, um mir die Reise nicht zu verderben. Vier Jahre kennen wir uns jetzt – und er hat mir nie zu erkennen gegeben, ob er auch eine richtig häßliche Seite hat. Ironie ja, aber nie diese gemeinen Verletzungen, die Paare einander zufügen können, wenn Liebe sich mindestens in Gewohnheit verwandelt hat.

Ich müßte ihm dankbar sein, überlegte Anna, während

sie seine akribisch gefalteten Hemden in den Schrank legte, der mit Blümchenpapier ausgelegt war. Die edle Regung wurde kurzfristig unterbrochen, als sie sich fragte, ob Frau Handke die Hemden gefaltet hatte? Annas edle Regungen waren nie von langer Dauer, nicht in bezug auf ihren Liebhaber.

Der dunkelblaue Anzug: Sie waren nicht oft miteinander verreist, Philipp fühlte sich wegen der Kinder zu Familienurlauben verpflichtet, von denen er hinterher sagte, daß sie anstrengender waren als die Arbeit im Kanzleramt. Was man seiner Geliebten so erzählt…

Den dunkelblauen Anzug hängte Anna so nachlässig über den Bügel, daß die Verdoppelung der Bügelfalte absehbar war. Sie war eben keine gute Hausfrau. Schlampe, hatte ihre Mutter manchmal gesagt, aber in diesem liebevoll-verzeihenden Ton, der das Wort relativierte.

Ich weiß so wenig über Philipp, dachte Anna, als sie den Schrank schloß. Er ist jemand, der die leise Macht liebt, die ihm seine Stellung verleiht. Er sagt, daß er Politik nicht mag, und trotzdem zieht er gern an politischen Fäden. Er ist gut erzogen, fast ein bißchen altmodisch, anständig, obwohl er diese Eigenschaft in seinem Job gewiß strapazieren muß. Ich liebe seine kluge, ironische Distanz, die er Gott sei Dank auch zu sich selbst hat – aber manchmal denke ich, daß sie nur ein gefälliger Mantel für Gefühlskälte ist. So, wie seine guten Manieren die egoistischen Nuancen abdecken… Pfui, Anna. Philipp hat Humor und manchmal beinahe Züge der Güte. Was zum Teufel erwartest du von Männern?

«Lebst du noch, Philipp?»

«Ich schon, aber der Toilettendeckel liegt in den letzten Zügen. Sei bloß vorsichtig, wenn du dich draufsetzt.»

«Ich habe zwölf Kilo weniger als du.» Es gab Dinge, die wußte Anna genau. Äußerlichkeiten: Er war ein guter, vorsichtiger Autofahrer und ein guter, manchmal schon müder Liebhaber. Mit neunundvierzig war Lust nicht mehr selbstverständlich. Schon gar nicht, wenn man auf einer Dreiundvierzigjährigen lag, die gelegentlich Züge einer zänkischen Ehefrau annahm. Anna war durchaus fähig zu selbstkritischen Betrachtungen: Aber nicht immer und laut nur dann, wenn sie sich der Zuneigung des Hörers sicher war.

«Bist du bald fertig? Ich hab Hunger.»

Die Toilettenspülung klang gehorsam. Philipp kam mit gerümpfter Nase aus dem Bad. Er haßte es, wenn Bad und Toilette nicht getrennt waren – und in gewisser Weise haßte er auch die Intimität dieser Situation mit Anna. Er küßte sie auf die Wange und sagte: «Laß uns gehen, bevor mir dieses Ambiente den Appetit verdirbt.»

«Kann ich vorher noch ins Bad?»

Annas witzlose Fragen. Sie war so verdammt bemüht, rücksichtsvoll zu sein, wenn sie miteinander verreisten, so als wollte sie ihm zeigen, was für eine perfekte Gefährtin sie war, auch länger als einen Tag oder eine Nacht. Während der Fahrt über holprige Landstraßen hatte sie ihm den Nacken massiert und sich sogar bemüht, das Auto nicht vollzuqualmen. Anna, die Gute. Philipp checkte den Schrank und stellte beinahe erleichtert fest, wie nachlässig sie seinen Anzug aufgehängt hatte. Anna, die Unzulängliche.

«Das sogenannte Bad ist die allerletzte Pfuscharbeit», sagte Anna, als sie zum Lift gingen.

«Im *Merkur* haben sie nur Importware verarbeitet – und dorthin gehen wir jetzt Mittag essen, weil ich den Gedanken an Schnitzel mit Salzstangen nicht ertrage.»

Anna wäre lieber in eine «typisch Leipziger Kneipe» gegangen, sofern es die gab, aber sie schwieg. Sie gab dem Portier ihren Schlüssel für das Handke-Zimmer und trottete hinter Philipp her auf die Straße. Es sah nach Regen aus – und nach einer ostdeutschen Großstadt. Vor dem Hotel waren dicke West-Autos geparkt, direkt nebenan und zum Hotel gehörig befand sich ein Spielsalon, vor dem Jugendliche lungerten, die blaß und verloren aussahen. Neonazis, dachte Anna sofort, es konnten aber auch Punks sein, sie ging schnell vorüber, an Philipps Seite über die breite Straße, die zum Bahnhof führte, ein riesiges, altes Bauwerk, das gerade renoviert wurde.

«Der größte Kopfbahnhof Europas», sagte Philipp. «Willst du mal rein?»

«Nach dem Essen. Ist es noch weit?»

Wieso trugen Frauen, die großgewachsen waren, dennoch unbequem hohe Schuhe? Philipp riß Anna am Arm, als sie einem Trabi die Vorfahrt nehmen wollte. «Laß das arme Auto unbeschädigt. Wir sind gleich da.»

Philipp erinnerte sich an eine Fahrt nach Leipzig vor drei Jahren. Er hatte im *Merkur* gewohnt und sich wie in einem Glashaus gefühlt. Die Stadt hatte sich verändert, aber er war nicht sicher, ob ihm die Veränderung gefiel. Die bunten Plakate, die Pommesbuden und dicken Autos wirkten aufgesetzt, so als würde man zu übertünchen versuchen, was nur in alter Schäbigkeit seinen Charme bewahrt hatte.

Anna, zum erstenmal in Leipzig, hatte nur eine Vergleichsmöglichkeit. «Traurig», sagte sie. «Es sieht alles irgendwie grau und traurig aus, findest du nicht?»

«Du mußt deine West-Brille ablegen.» Philipp zog seine Hand zurück, als sie die Auffahrt hochgingen, die mit Luxuslimousinen gesäumt war.

Sogar das Luxushotel fand nicht ihren Gefallen. «Protzbau», murmelte Anna auf dem Weg durch die Halle, die ein funkelnder Prototyp von Wagen schmückte, der nie produziert werden würde. Eine gewisse Symbolik war unbestreitbar. Und daß das *Merkur* Westland war, eine Oase für Männer in grauen Anzügen, bewaffnet mit Aktenkoffern und umhüllt vom Duft der großen, weiten kapitalistischen Welt. Sie gingen alle eine Spur zu schnell, zu forsch durch die Wandelgänge, die von Büros und Geschäften umrahmt waren. Alle Türen trugen Nummern, und Anna dachte, daß dies vielleicht dazu gedient hatte, das Abhören zu erleichtern. In einer anderen Zeit. *Bismarckturm* nannten die Ossis das Hotel: jeder Biß eine Mark.

Das *Milano* lag am Ende des Wandelgangs, ein Italiener in Leipzig, den man auch in jeder anderen Stadt hätte finden können. Philipp war sichtlich erleichtert, seine Oase gefunden zu haben, und Anna bestellte iranischen Kaviar, 68 Mark für 50 Gramm, sagte: «Wenn schon, denn schon», dachte: Das war auch einer von Mutters Sprüchen.

«Anna Marx auf den Spuren der DDR», murmelte Philipp, durchaus zufrieden mit dem neunundachtziger Verdiccio, mit seiner Pizza, von der Anna jetzt sagte, daß sie dick mache, während sie Kaviar löffelte und unverschämt auf den unteren Teil seines Pullovers starrte, die kleine Erhebung des guten Lebens, die er mit gutgeschnittenen Anzügen noch kaschieren konnte.

«Du meinst, du ißt nur deshalb Kaviar, weil er dünn macht?» Anna hatte drei Kilo abgenommen seit dem Tod ihrer Mutter; er hatte nicht gewußt, daß sie so trauern konnte. Aber es paßte in das Bild einer Beziehung, die leicht war und unbelastet von zuviel Wissen von dem anderen. Es ist nicht Annas Schuld, dachte er: Sie wollte mehr Tiefe, und ich habe immer abgeblockt, versucht, das Geschenk der Liebe in schöner Verpackung zu bewahren. Das Resultat war eine gewisse Statik, ein unausgesprochener Vorwurf in Annas grünen Augen. Auch ihr Gesicht ist schmaler geworden, dachte er: Leiden bekommt ihr.

«Ich esse Kaviar, weil er hier so billig ist. Wahrscheinlich ein Schnäppchen aus Bonzen-Restbeständen. Sag mal, bist du immer noch sauer, weil ich dich zu dieser Reise überredet habe?»

«Nein. Ich hab's dir versprochen, und du hast dich für Ostexotik entschieden. Du weißt, ich tue alles für dich, Anna.»

Fast alles. «Ich wollte es einfach mal sehen, reine Neugierde, verstehst du? Bei dir ist es etwas anderes, du warst ja früher schon oft hier.»

«In Ostberlin. In Leipzig war ich nur einmal.» Philipp hatte Anna nur wenig über seine Ostreisen von früher erzählt. Sie wußte, daß er an Freikäufen von Häftlingen beteiligt gewesen war, damals noch ein kleiner Beamter mit großem Ehrgeiz, im Bonner Treibhaus das politische Klima mit zu regulieren. In gewissem Sinn hatte er geschafft, was er erreichen wollte – oder vielleicht war es nur einfach so, daß der ganz große Ehrgeiz auf der Strecke geblieben war. Es genügte ihm, der Mann im Hintergrund zu sein, eine graue Eminenz, wie Anna manchmal spöttisch sagte.

Anna bestellte zum Nachtisch Tiramisu, dazu Espresso und Grappa – wenn schon, denn schon. Die Kellner waren freundlich und gut geschult, die Gäste fast ausnahmslos Wessis, was Anna an Kleidung und Auftreten zu erkennen glaubte. «Die sehen alle aus wie Goldgräber», sagte Anna.

«Was meinst du?»

«Na, wie Verkäufer, Vertreter, Andreher, Bescheißer. Nix Seriöses, wenn du verstehst, was ich meine.»

Ganz unrecht hat sie nicht, dachte er, obwohl ihm Annas schnelle Urteile suspekt waren. Jemand, der es geschafft hatte, sich in vier Kriminalfälle verwickeln zu lassen, entwickelte eine blühende Phantasie. Anna hatte ihm versprochen, ihre Karriere als Hobbydetektivin nicht weiterzuverfolgen. Aber viel hieß das nicht: Was interessiert mich mein Geschwätz von gestern, würde Anna sagen.

«Wenn du das Thema vertiefen möchtest, würde ich die Lautstärke drosseln, Anna. Noch einen Espresso?»

Anna nickte. Senkte tatsächlich die Stimme. Er mochte ihre Stimme, tief und gelegentlich heiser, wenn sie zuviel getrunken und geraucht hatte. Eine gute Radiostimme, dachte Philipp, aber Anna war zu träge, um sich vom *Wochenmagazin* zu trennen, obwohl sie ständig lamentierte, wie ihr das Dasein als «Klatschspalte» auf die Nerven ging.

«Nein, im Ernst. Ist dir aufgefallen, daß man sie auf den ersten Blick erkennen kann? Die Leute hier sehen einfach anders aus, traurig und ein bißchen dröge, aber vor allem traurig. Sie sehen aus wie Leute, die vom Leben beschissen wurden und keine Kraft mehr haben, sich dagegen zu wehren. Und blaß sind sie und schlecht angezogen natürlich. Die Männer tragen Bärte und die Frauen miserable Dauerwellen. Und sie sind so leise: Ist dir aufgefallen, daß die Geräuschkulisse hier ganz anders ist als bei uns?»

«Du verallgemeinerst schon wieder.»

«Nein. Ja. Ich habe mir einfach nicht vorgestellt, daß es so... anders ist. Die Straßen, die vergammelten Häuser, die Leute. Dieses GRAU. Als wir reinfuhren, hast du diese Trabantenstadt gesehen? Alles platt, kein Baum, nur diese scheußlichen Betonklötze, die alles gleichmachen... Sag mir, wie können Menschen in solchen Häusern glücklich sein?»

«Bist du glücklich? Ich meine, wovon hängt es ab?»

Wenn ihn ein Thema langweilt, stellt er eine Frage, von der er weiß, daß ich keine gute Antwort finde... Anna überlegte, während Philipp dem Kellner signalisierte, daß er zahlen wollte.

«Ich glaube, daß ich zumindest das Glück der Auswahl gehabt habe. Ich meine, für das, was schiefgelaufen ist, kann ich nicht andere verantwortlich machen.»

Für den Liebhaber, den Job, das Buch, das du nie fertigschreiben wirst, dachte Philipp. «Die Antwort war zwar nicht präzise, aber trotzdem gut. Sollen wir noch ein paar Schritte laufen nach dem Essen?» Er sah dabei auf ihre völlig ungeeigneten Schuhe.

Anna lachte und holte aus den unendlichen Tiefen ihrer Tasche ein Paar flache Treter, zog sie an und warf die Pumps in die Tasche. «Du unterschätzt mich. Das tust du immer.»

Sie besichtigten den Bahnhof, und Anna, die beständig versicherte, an alten Gemäuern nicht interessiert zu sein, war für ihre Verhältnisse sehr ausdauernd. Sie gingen am Hotel vorbei in die Innenstadt, wo zumindest einige der Bürgerhäuser renoviert waren, vorbei an Pizzaständen und Pommesbuden, an verfallenen und neueröffneten Läden mit West-Ramsch, vorbei an einer Menschenschlange, die sich vor dem Arbeitsamt drängte, an schönen Buchläden und frisch herausgeputzten Einkaufspassagen. Anna war schrecklich uninteressiert an Kulturdenkmälern: Kirchen, die Bach-Statue, Gewandhaus, Schauspielhaus, Universität. Anna konzentrierte sich mehr auf Menschen, fand, daß die jungen Leute nicht mehr so anders aussahen. Die Normalität, wie Anna sie kannte, war in manchen Ecken wiederzufinden. Sie hatte sich bei Philipp eingehakt, etwas, das sie in Bonn nicht wagen würde. Anna war beinahe glücklich. Und nach dreieinhalb Stunden Stadtbesichtigung müde und durstig. Außerdem hatte sie dreieinhalb Stunden keine Zigarette geraucht.

«Ich hab mich schon über deine Ausdauer gewundert», sagte Philipp. «Wir können ja vor dem Abendessen noch eine Stunde in dieses... Bett gehen.»

In diesem Bett liebten sich Anna und Philipp mit der routinierten Leidenschaft eines alten Liebespaares. Nicht aufregend, aber angenehm, dachte Anna unter ihm. Er muß den Bauch nicht mehr einziehen und ich meinen Luxuskörper nicht so drapieren, daß die Abwärtsneigung der Brüste kaschiert wird. Ohne Brille sieht er ohnehin alles ein bißchen verschwommen und überhaupt: Wenn wir uns in einem Punkt gut kennen, dann in unserer unvollkommenen Leiblichkeit. Beide ein bißchen zu schwer für allzu hektische Bewegungen und sexuelle Akrobatik. Ich weiß, daß er es nett findet, wenn ich ein bißchen stöhne – und er weiß, daß ich es für ihn übertreibe.

Anna stöhnte, und Philipp verdoppelte seine Anstrengungen, zwei Körper zum Höhepunkt zu bringen, erst Annas und dann seinen, wie sich das gehörte. Er rollte sofort zur Seite, weil er wußte, daß Anna jede Umklammerung «danach» haßte. Sie lag mit geschlossenen Augen da und sah zufrieden aus. Die Matratze war zu weich und gab in der Mitte nach.

«Du wirst Kreuzschmerzen bekommen, so wie du in der Kuhle liegst.»

Anna grunzte nur.

«Wenn du jetzt einschläfst, wachst du um Mitternacht auf und schreist nach Essen – und hier gibt es keinen Vierundzwanzig-Stunden-Roomservice.»

Anna öffnete die Augen. «Du meinst, ich soll jetzt in diese furchtbare Badewanne steigen, mein Gesicht renovieren und dann mit dir zu Abend essen?»

«Wir können auch versuchen, in irgendein Konzert zu gehen oder ...»

«Kein Konzert.» Anna stand auf, bewegte sich mit leichtem Ekel auf dem schmutzig-geblümten Teppichboden. «Wir waren heute in zwei Kirchen und drei Buchhandlungen. Ich finde, das reicht.»

«Du bist ein Banause.» Philipp sah ihr zu, wie sie auf Zehenspitzen zum Tisch ging und aus den Tiefen ihrer Handtasche die Zigarettenpackung holte. Annas obligatorische Post-GV-Zigarette.

«In Kultur kannst du dich mit deiner Frau ergehen. Ich wette, daß ihr auf euren gemeinsamen Reisen ständig in Ausstellungen und Konzerte geht, nur um nicht miteinander reden zu müssen. Oder um etwas zu finden, über das ihr reden könnt.»

Es war ein Tabu-Thema. Anna wußte es und sah es an seinen herabgezogenen Mundwinkeln. «Ich könnte jetzt sagen, daß mir meine Zeit mit dir zu kostbar ist. Aber ehrlich gesagt langweilen mich Konzerte zu Tode. Sie sind zu laut und zu lang.»

Anna gehörte zu den Menschen in Bonn, die kein Premierenabo hatten. Eben nicht ganz gesellschaftsfähig. Und sie hielt es nicht mal für nötig, das zu verbergen. Philipp betrachtete seine Geliebte mit gelangweilter Zärtlichkeit. Er kannte jeden Millimeter ihres Körpers – und in der Addition waren es viele, schön gerundet und nur an den Oberschenkeln schon ein wenig schlaff – und dort, wo sich die Brüste dem Gesetz der Schwerkraft beugten, widerwillig aber unausweichlich. Manchmal dachte er, daß es unfair von ihm war, sie in ihren besten Jahren an ihn zu binden, ihr die Chance zu nehmen, einen Mann fürs Leben kennenzulernen, einen ohne Familie, einen netten Mann, vielleicht sogar Kinder, so gebärfreudig, wie ihr Becken war. Aber es fiel ihm schwer, sich Anna als Frau und Mutter vorzustellen – ohne Zigarette, ohne Presseausweis und ohne Zeit für Weltschmerz. Es war unfair von Anna, ihre unerfüllten Träume auf ihn zu projizieren. Schließlich war es nicht seine Schuld, daß mit den Jahren ihre Ansprüche gewachsen und ihre Chancen gesunken waren.

«Was siehst du mich so an? Habe ich deinen sexuellen

Phantasien nicht entsprochen?» Jetzt drückte sie ihre Zigarette aus, aggressiv, so als ob die Zigarette etwas für Annas Laster könnte.

«Das tust du nie. Das tut keine Frau, die man gern hat.»

Anna lachte. Wenn sie lachte, warf sie den Kopf nach hinten, und die roten Haare flogen in den Rücken. «Sexuelle Abgründe, was? Hast du keine Lust, mir mal zu erzählen, wovon du träumst?»

Anna stand auf und setzte sich auf das Bett, das mit einem Ächzen reagierte. «Na komm schon, Philipp. Du kannst ja mit dem Harmlosen anfangen.»

Annas Küsse waren ganz leicht, aber ihre Haare kitzelten unangenehm, und sie roch nach dem Schweiß der sexuellen Begegnung. Philipp rückte ein Stück ab. Niemals, dachte er. Ich habe nicht die Absicht, mich dir auszuliefern. «Ab ins Bad, Anna. Das, was sie hier Bad nennen.»

Tabu-Thema Nummer zwei. Anna dachte daran, daß sie sich ganz fest vorgenommen hatte, in diesen drei Tagen nicht zänkisch zu sein. Keine Vorwürfe, keine Forderungen, ganz natürlich nett. Drei Tage mußte man so etwas doch durchhalten können.

Anna massierte kurz seinen schmerzenden Nacken, bevor sie auf Zehenspitzen ins Bad ging. Der Spiegel war vergilbt wie alles in diesem Zimmer. Sei nicht unbescheiden, Anna, sagte sie stumm zu ihrem Spiegelbild. In der engen Badewanne liegend, dachte sie, daß die Bescheidenheit des Alters nichts anderes war als verdammte Resignation. Irgendwann fing man an, das Leben quantitativ zu sehen: So viele Jahre noch, so viele Chancen und Möglichkeiten noch, so viele Beschränkungen. Anna dachte an ihre Mutter, die die letzten zehn Jahre ihres Lebens einsam und leise verbracht hatte, überwiegend vor dem Fernsehapparat, so entsetzlich anspruchslos, so verdammt resigniert, so als wäre man mit siebzig nur noch ein Zuschauer in der hintersten Reihe, darauf wartend, daß der Vorhang fällt.

Philipp telefonierte, aber sie konnte nicht hören, was er sagte, weil er sehr leise sprach. Rücksichtsvoller Philipp, der seine Familiengespräche nicht in Annas Gegenwart führte. Es tat nicht mehr weh, kaum noch. Anna schmierte sich mit einem seltsam riechenden Gel ein, das das Hotel als Badeessenz ausgewiesen hatte. Dachte, daß sie oft mit ihrer Mutter telefoniert hatte, sie selten besucht, sie ungern in Bonn ertragen hatte. Worüber hatten sie denn miteinander gesprochen? Über nichts, das zählte, das sie einander nähergebracht hätte. Mutter hatte die tapfere Witwe gespielt und Anna die glückliche und erfolgreiche Tochter – und wenn beide wußten, daß es nicht ganz stimmte, dann waren sie doch zu feige für jede Annäherung an die Wahrheit gewesen. Im Grunde, dachte Anna, weiß ich nicht, was meine Mutter in den letzten zehn Jahren gedacht, gehofft oder geschmerzt hat. Ihre Klagen waren immer so belanglos, und meine Fragen waren zu oberflächlich, um sie wirklich zu erreichen. Vielleicht hat sie gemerkt, daß sie mir oft auf die Nerven ging mit ihren blöden Fernsehserien und ihren Lebensweisheiten, die sie aus Zeitschriften bezog. Sie hat sicher nicht gemerkt, daß ich ein schlechtes Gewissen hatte und sie dafür haßte, daß ich es hatte. O verdammt, es war zu spät, diese Beziehung aufzuarbeiten. Zu spät.

Jemand klopfte beziehungsweise hämmerte an die Tür. Anna hörte Philipp «Moment» rufen, dann seine Schritte, das Öffnen der Tür. Jemand sagte in breitem Sächsisch, daß er gekommen sei, den defekten Kühlschrank zu reparieren.

«Ist doch nicht möglich», sagte Philipp.

Doch, dachte Anna. Du hast dem Zimmermädchen ein hohes Trinkgeld gegeben, als du dich beschwertest. Die

Gesetze der Marktwirtschaft funktionieren bereits, langsam aber unausweichlich.

Schritte, dann wieder Philipps Stimme: «Kommen Sie in einer Stunde wieder, dann sind wir weg, und Sie können in Ruhe arbeiten.»

Anna hörte ein Klimpern. Das mußten harte Markstücke sein.

III. Kapitel

Der Mann mit der gelb-grün gestreiften Krawatte starrte auf schokoladenbraune Brüste, die im Takt kreisten. Wabbelndes Fleisch, das sich ihm und drei Dutzend anderen Gästen zur Schau bot. Exotik, Erotik in der *Orion-Bar* in der Nikolaistraße in der Leipziger Innenstadt. Melina, die angeblich aus New Orleans stammte, strippte um Mitternacht für sechs Mark Eintritt und fünfzig Pfennig Garderobe, Getränke zu zivilen Preisen.

Das Licht war gnädig zu einer fünfzigjährigen Stripperin und den Gästen, die sie nicht aus den Augen ließen... Keine «Messe-Onkel» zu dieser Zeit, sondern lokales Publikum, auch Frauen, neben anderen geschlechtsspezifischen Merkmalen an leicht verschämten Blicken zu erkennen. Einige saßen ohne Begleitung an der Bar, eindeutig zu geschäftlichen Zwecken, aber weder routiniert noch abgebrüht noch in einem Maße gekleidet, das auf gute Geschäfte schließen ließ.

Der Mann mit der gelb-grün gestreiften Krawatte und dem braunen Sakko, Marke West-Ramsch, nippte an seinem Bier, Marke Importware. Sein Begleiter trank

Whisky-Cola und wechselte seine Blickrichtung zwischen den kreisenden Brüsten und einem Paar, das am Ende der Theke saß. Ihre Gesichter waren im Dunkel nur schwer auszumachen, aber er meinte zu sehen, daß sie belustigt waren. Die einzigen Wessis im *Orion* an diesem Abend, das war absolut klar. Erich Wells erkannte sie unter anderem an ihren arroganten Fressen, die ihn zunehmend reizten, sie zu polieren. Bloß um einen anderen Ausdruck reinzukriegen: den von Angst und Unterlegenheit zum Beispiel. Ein paar Tropfen Blut auf die makellose Kleidung, Hände, die zitterten, statt Scheine aus der Tasche zu ziehen.

Er wandte sich an seinen Begleiter: «Meinst du, daß die hier sind, um 'ne Alte abzuschleppen?»

Andreas Schalke war ein wenig erregt, auf jeden Fall angeregt, und er ärgerte sich über Erich Wells, der ihn ansprach, während Melina in einem furiosen Finale jeden Teil ihres gewaltigen Körpers zum Schwingen brachte. «Woher soll ich das wissen?» murmelte er, ohne den Blick zu wenden. Er war den beiden beinahe dankbar, daß sie ins *Orion* gegangen waren statt an die Bar im *Merkur*, wo man als Ossi unangenehm auffiel. Hier war nicht «Feindesland», sondern Heimat. Hier hatte er früher schon oft gesessen, um den einen oder anderen Messe-Onkel auszuspionieren. Hier kannte er das Personal und die Räumlichkeiten, nur die Damen an der Bar waren teilweise neu, nicht mehr im Dienst des Vaterlandes, sondern auf eigene Rechnung tätig. Ziemlich viel Schrott dabei, wie Andreas Schalke fand. Die Besseren verkehrten um die Ecke, in der *Postkutsche*, direkt gegenüber vom Hotel *Stadt Leipzig*.

«Du denkst zuviel», sagte er zu Erich Wells, als Melina zum Stillstand kam und sich vor applaudierendem Publikum verbeugte. Was für ein Hinterteil, das ihm jetzt zugewandt war!

«Und du solltest dir 'ne unauffälligere Krawatte umbinden, wenn wir konspirativ unterwegs sind.» Erich Wells sah, daß der Mann im dunkelgrauen Anzug, den er bestimmt nicht im Warenhaus gekauft hatte, der Barfrau ein Zeichen gab.

«Noch einen Gin Tonic – oder wechseln wir das Etablissement?»

«Wechseln.» Anna lächelte die freundliche Barfrau an, während Philipp zahlte. «Eine wirklich tolle Show», sagte sie, um die Barfrau zu erfreuen. Philipp sah sie von der Seite mißtrauisch an. Man konnte Anna nicht immer trauen, wenn es um Geschmacksfragen ging. Melina, jetzt in einen glitzernden Umhang gehüllt, rauschte an ihm vorbei in die Garderobe, einen Duft von 4711 hinterlassend.

«Fünfziger Jahre», murmelte Philipp, als sie auf die Straße traten. Er hoffte, daß Anna es nicht zur Gewohnheit werden ließ, sich bei ihm unterzuhaken.

«Aber doch rührend und nicht so abgezockt wie bei uns.» Er ist so ein Snob, dachte Anna. «Mich erinnert das irgendwie an die gute alte Zeit, als die Mama noch mit ins Bordell ging und mit den Damen strickte, während ihr Sohn in die Freuden der Lust eingeweiht wurde.»

«Du bist altmodisch.»

Anna schrie auf. Ein Stöckel hatte sich im Pflaster verfangen. Straßen und Gehwege, die seit den fünfziger Jahren nicht repariert worden waren, fand Anna weniger romantisch. Während sie, auf einem Bein hüpfend, fluchte, befreite Philipp den Schuh und reichte ihn Aschenputtel, die an diesem Abend sehr schön aussah, fast perfekt geschminkt, die Haare offen und in einem seiner Lieblingskleider. Trotzdem: Er war müde und hatte Kreuzschmerzen und sehnte sich nach dem gräßlichen Hotelbett.

«Danke, Prinz. Noch ein Absacker in der *Postkutsche*?»

Sie war nicht zu stoppen, wenn sie in Fahrt war. Und er war zu gut erzogen, einer Frau einen unbedeutenden Wunsch abzuschlagen.

Weder Anna noch Philipp bemerkten die beiden Männer, die ihnen gefolgt waren. Anna fielen sie erst im Lokal auf, als sie neben ihnen an der Bar standen, entfernt von dem Jüngling, der «heiße Musik» auflegte, die die Pärchen zum Tanzen animieren sollte.

Aber es waren wenig Pärchen in der *Postkutsche.* Anna registrierte ein paar junge Mädchen, die auf etwas zu warten schienen. Männer mit harten Gesichtern und Goldketten um Hals oder Armgelenk. Anna fielen die Schubladen «Zuhälter und Nutten» ein, aber sie zügelte ihre Phantasie, ließ sich ihrerseits abschätzend mustern, bestellte Whisky ohne Eis und fragte Philipp, ob er Lust zum Tanzen hätte?

Philipp bestellte Kaffee und schüttelte den Kopf. Er bemühte sich, noch müder zu erscheinen, als er tatsächlich war, und er dachte, daß Anna manchmal verdammt unsensibel war. Außerdem fühlte er sich in dieser Atmosphäre nicht wohl, auch wenn eines der jungen Dinger ihn lasziv anlächelte – oder es zumindest versuchte.

Die beiden Männer neben ihm tranken Bier, und einer der beiden trug die abscheulichste Krawatte, die Philipp je gesehen hatte. Sie sprachen nicht miteinander, starrten abwechselnd in ihre Biergläser und auf die Tanzfläche. Wende-Ossis, dachte Philipp, und sofort fiel ihm auf, daß ein längeres Zusammensein mit Anna dazu führte, ihren lockeren Sprachgebrauch zu übernehmen. Wer in der Politik stand, mußte mit Sprache umgehen wie mit rohen Eiern: vorsichtig balancierend. Sprache durfte nie verräterisch sein, sondern perfekt verschleiernd Tatsachen umhüllen, bis sie unter der Sprache begraben waren.

Schöne Anna. Bewegte sich in der unmöglichsten Umgebung wie ein großer, friedfertiger Fisch im fremden Wasser. Wie neugierig sie sich umsah, immer bereit, Leben aufzusaugen wie ein Schwamm, der seine Sättigungsgrenze nie erreicht. Außerdem gab es Abende, an denen sie trinken konnte wie ein Fisch – und das schien einer von ihnen zu sein, denn sie bestellte jetzt den zweiten Whisky. Annas Reaktionen auf Alkohol in Mengen fielen unterschiedlich aus: Entweder sie wurde lustig, oder sie wurde sehr sinnlich oder aggressiv. Selten müde. Philipp bat um Müdigkeit, während er sie anlächelte und darüber vergaß, ihr Feuer zu geben. Doch der Kavalier neben ihm hatte reagiert, hielt sein Feuerzeug an Philipp vorbei unter Annas Zigarette.

Anna dankte.

«Sie kommen sicher von drüben», sagte der Mann mit dem Feuerzeug.

Drüben. Sie sprechen es komisch aus, dachte Anna, während sie nickte.

«Geschäftlich?» Die Frage war an Philipp gestellt, der zudringliche Fremde verabscheute, jedoch antwortete, weil er nicht arrogant wirken wollte.

«Privat. Meine… Freundin wollte lieber nach Leipzig als nach Paris.»

Das war nicht die richtige Antwort. Philipp sah es an Annas strafendem Blick, der sagte, sei nicht so verdammt arrogant, schon gar nicht hier.

Erich Wells schien es nicht so zu sehen, denn er zählte die Sehenswürdigkeiten der Stadt auf, während er eine Runde bestellte und Philipp Mühe hatte, die Augen offenzuhalten. Die Konversation, durch laute Musik ohnehin erschwert, wurde mit gebotener Vorsicht geführt, überwiegend von Anna und Philipps Nachbarn. Anna sprach von «schönen alten Häusern», die sie am Nachmittag noch als beklagenswerte Ruinen bezeichnet hatte. Erich

Wells sprach von den West-Buden, die in Leipzig wie Pilze aus der Erde geschossen waren – häßliche Pilze –, als «Farbtupfer für die Stadt». Philipp gähnte. Der Mann mit der gelb-grünen Krawatte trank schweigend sein Bier.

Ein untauglicher Annäherungsversuch am falschen Ort, dachte Philipp, während Erich Wells von den «neu erblühenden Städten» redete und von Berlin schwärmte. Er war es nun wirklich leid, seine Zeit mit Anna so zu vergeuden. «Es ist spät», sagte er nach dem dritten Blick auf die Uhr. «Und wir wollen morgen früh raus, Anna.»

Das war ihr neu. Anna haßte es, morgens früh aufzustehen. Außerdem fand sie diesen Mann, der sich nicht vorgestellt hatte, ganz sympathisch, auch wenn er einen Zweckoptimismus verbreitete, der ihr nicht echt schien. Immerhin der erste Ossi, mit dem sie ins Gespräch kam – und wie ein Zuhälter sah er eigentlich nicht aus. Bloß Philipp, der sah aus, als würde er auf der Stelle einschlafen und sie kurz vorher ermorden...

Sie nahm Philipps Arm und signalisierte Zustimmung, während der Typ immer noch von Berlin schwafelte... Sagte: «Ich zahle mal», und winkte dem Barmann. Als sie die Scheine auf die Theke legte, redete der Mann immer noch auf Philipp ein. Anna hörte nicht richtig zu, aber den Namen registrierte sie, vielleicht, weil es der erste Name war, den der Mann aussprach, oder auch, weil sie in diesem Moment Philipps Gesicht sah: Keine Spur von Müdigkeit, sondern Erstaunen, gefolgt von Erstarren.

Als der Mann den Namen «Susanne Sawitzki» aussprach, hast du ein unglaublich dummes Gesicht gemacht, würde Anna später zu Philipp sagen.

Jetzt sagte Philipp mit seiner kältesten Stimme: «Nein, ich kenne die Dame nicht! Wenn Sie uns entschuldigen.»

Später, als sie schweigend die paar Schritte zum Hotel gegangen waren und ein verschlafener Portier ihnen den

Schlüssel reichte, sagte Anna diesen Satz. Philipp erwiderte nur, daß er sehr müde sei. Oh, wie Anna es haßte, wenn er auswich.

«Was wollte er von dir?» fragte sie im Lift.

«Nichts. Ein Dummschwätzer, der krampfhaft den Anschluß vollziehen wollte.» Er gab vor zu gähnen, als er die Tür aufschloß. Anna schwankte nicht. Sie war in diesem Stadium der Trunkenheit, in dem alles zu erwarten war.

«Wer ist diese Susanne Sawitzki?» fragte Anna aus dem Badezimmer. Abschminken war eine Tätigkeit, die sie haßte. Weil das so war, tränten ihr oft die Augen von zu viel Fettcreme oder Resten der Wimperntusche. Außerdem war es ihr peinlich, sich mit nachtcremeglänzendem Gesicht zur Schau zu stellen. Außerdem gab er keine Antwort.

Anna, ein Handtuch um den Leib gewickelt. Das Handtuch war zu klein, und weich war es auch nicht. Sie stand in diesem häßlichen Zimmer und beobachtete Philipp, der aus der nunmehr funktionierenden Minibar einen Whisky entnommen hatte. Er saß auf dem Bettrand, halb ausgezogen, und trank in großen Schlucken. Sah zu Anna auf, die vor ihm stand.

«Was ist los? Redest du nicht mehr mit mir? Habe ich irgendwas getan, das dein Mißfallen fand?»

Philipp nahm seine Brille ab und legte sie vorsichtig neben sich. «Tust du mir einen Gefallen, Anna? Laß mich jetzt einfach in Ruhe. Ich habe Kopfschmerzen und bin todmüde – und diese Bar und dieser Typ haben mich unglaublich genervt. Und ich habe keine Ahnung, wer diese Susanne...»

«Sawitzki.»

«Danke. Ist.»

Anna mußte betrunken sein, denn sie dachte: Endlich zeigt er mir seine Migräne-Seite, so als wäre ich sein Eheweib. Anna küßte ihn ganz leicht und rollte sich schweigend ins Bett, das unter der Last nachgab. Anna schloß ihre tränenden Augen und murmelte: «Gute Nacht, Philipp», bevor sie leicht schnarchend einschlief.

«Gute Nacht, Anna», war das letzte, was sie hörte. Nicht mehr, daß er aufstand und sich einen zweiten Whisky holte und die Zigaretten aus ihrer Handtasche. Philipp war kein Raucher, sondern bediente sich der Krücken nur in extremen Streßsituationen. In diesem widerwärtigen Raum zu sitzen, empfand er als Streß. Er stand auf und öffnete das Fenster, das den Blick auf den Bahnhof freigab. Der Gedanke, noch mal in die Bar zu gehen und diesen Mann auszufragen, war verlockend, aber er verwarf ihn wieder. Er würde nichts mehr sagen, dachte Philipp, der versuchte, sich genau zu erinnern, an welcher Stelle all dieser überflüssigen Sätze ihr Name gefallen war.

Der Mann hatte etwas von Bekannten in Berlin erzählt, den einen oder anderen Namen eingeflochten... und dann plötzlich dieser: Susanne Sawitzki. En passant. Auf jeden Fall ohne besondere Betonung.

Es kann Zufall sein, dachte Philipp. Aber das war Wunschdenken. Vielleicht war es kein Zufall, daß die beiden Männer ihnen von der *Orion-Bar* in die *Postkutsche* gefolgt waren. Kein Zufall, daß der Typ Anna angesprochen hatte. Vielleicht... aber warum?

Philipp drehte sich vom Fenster weg zu Anna, die keineswegs lautlos in den Schlaf der Gerechten versunken war. Sie sah nicht mehr schön aus mit ihrem fettglänzendem Gesicht und dem offenen Mund. Es ist Annas Schuld. Sie wollte unbedingt nach Leipzig, dachte er. Nein, das war unfair. Aber der Himmel möge verhüten, daß Anna sich an diesen Namen erinnerte. Anna mit ihrer verfluchten Neugierde!

Susanne Sawitzki: Philipp starrte auf ein verfallenes Haus und erinnerte sich an ein junges Mädchen mit braunen Haaren und grünen Augen. Nicht so katzenhaft wie Annas Augen, sondern rund und faltenlos und ohne jegliche Schminke. Kuhaugen, wären sie nicht grün gewesen. An diese Augen erinnerte er sich genau, nicht aber an das glatte Gesicht, das seine Schönheit aus Jugend bezogen hatte. Susanne Sawitzki, 25 Jahre, Musikstudentin in Ostberlin. Cello. Er hatte sie bei diesem Konzert kennengelernt, seine Nachbarin zur Linken, die ihn mit ihrer Begeisterung für Mahler angesteckt hatte. Susanne, die sich in der Pause neben ihm durch die disziplinierte Menge drängte. Susanne, die ein Glas Krimsekt mit ihm trank. Susanne, die ihm viel zu schnell erzählte, daß sie aufgrund ihrer politischen Haltung nicht sehr oft an Konzertkarten käme. Die seine Einladung, nach dem Konzert ein Glas Wein mit ihm zu trinken, nur zögerlich akzeptierte.

Susanne hatte nicht geschnarcht, so wie Anna. Und sie war ihm in sein Hotelzimmer gefolgt, weil sie von ihm erwartet hatte, daß er ihr all das ersetzen konnte, was sie in fünfundzwanzig Jahren DDR-Gefängnis vermißt hatte. Philipp erinnerte sich kaum noch an ihre tausend Fragen nach der Welt, die sie nur in der Propagandaverzerrung kannte, der sie instinktiv mißtraute. Gegenwärtig war sie noch ein junges Mädchen von unglaublicher Naivität – ganz anders als die Fünfundzwanzigjährigen drüben. Ein Weltbild, das mit Phantasie ersetzte, was an Wissen und Erfahrung fehlte. Nicht ein einziger Grauton, nur Gut und Böse existierten in Susannes Welt. Böse, das war die enge Welt, in der sie leben mußte. Gut, das waren ihre Gesinnungsgenossen diesseits der Grenzen und alles, was jenseits lag.

Er war sich seiner Unvorsichtigkeit bewußt gewesen, als er mit ihr in das Apartment ging. Er hatte Susanne nicht gesagt, daß er im Kanzleramt tätig war – jedenfalls anfangs nicht. Und er hatte sie so geschickt ausgefragt, daß ihr Leben bald wie ein offenes Buch für ihn war. Nicht, daß das schwierig war: Susannes Vertrauensseligkeit grenzte haarscharf an Dummheit und war nur durch die intellektuelle und soziale Isolation zu erklären, in der sie lebte. Diese fast exotische Unerfahrenheit hat mich am meisten angezogen, dachte Philipp. Das und ihre Jugend. Und Susanne?

Vermutlich der Prinz in strahlender Rüstung, der sie aus der Höhle des Drachens befreit, dachte er zynisch. Liebe hatte anfangs immer etwas Märchenhaftes, Irreales, weil man dazu neigte, die Welt auszuklammern. Wenn sich die Realität einschlich, war das Schönste schon vorbei.

Es hatte begonnen zu regnen, und der Asphalt glänzte im trüben Schein der Straßenlampen. Philipp schloß das Fenster, spülte das Whiskyglas aus und putzte sich die Zähne, um den Geschmack von Alkohol und Zigaretten loszuwerden. Er zog sich aus und legte seine Kleider vorsichtig über Annas chaotischen Haufen.

Sie lag jetzt auf dem Bauch und schlief ganz still, das Gesicht unter roten Haaren verborgen. Philipp betrachtete sie einige Sekunden, bevor er das Licht löschte. Dachte, sie kennt mich von allen Frauen vielleicht am besten. Aber da war vieles von ihm, das er Anna erspart hatte. Aus Klugheit. Oder aus Selbstschutz.

IV. Kapitel

Dresden, Weimar, Erfurt und jetzt zurück über die Autobahn nach Berlin: Der Chauffeur an ihrer Seite war schweigsam, konzentrierte sich auf Schlaglöcher, Trabis und West-Flitzer. Im Stau starrte Anna auf eine Fabrik, die wie eine Ruine finstersten Frühkapitalimus ihre drohenden Schatten warf. Ein anderes Deutschland und eine andere Zeit, die sie im Schnellschritt passierten, in Staus erlitten. Dörfer, die nur aus der Ferne idyllisch und verschlafen wirkten und – auf Umwegen erkundet – in miefiger Kleinbürgerlichkeit erstarrten. Obszön und aufdringlich wirkten dagegen die bunten Plakate der Konsumwelt, die glänzenden Gebrauchtwagenhandlungen, die Eisstände und Pizzabuden, die sich in die Dörfer eingeschlichen hatten wie Diebe.

West-Augen. Anna, die sich in Dresden vor den Jugendlichen geekelt hatte, die mit leeren Augen und tätowierten Hakenkreuzen auf den Straßen lungerten, ohne Ziel, aber mit zielgerichteter Wut in den Köpfen. Anna, die sich über die Wessis mokiert hatte, die in Weimar «ihre Kulturschätze» massenhaft vereinnahmten. Anna im *Erfurter Hof*, teuer und von innenarchitektonischer Monstrosisät: Sie hatte über die «Goldgräber» unter den Gästen hergezogen, die Käufer und Makler, die Anlageberater und smarten Managertypen der zweiten Garnitur – wilder Westen im wehrlosen Osten. Oder war es nur Annas Unfähigkeit, das Positive zu sehen im stillen Grau und den grellen Kontrasten?

Der Stau löste sich auf, und sie passierten die Unfallstelle, die dritte seit Erfurt. Anna registrierte, daß Philipp seine dritte Zigarette ansteckte, das war ungewöhnlich. So wie seine Schweigsamkeit, die Anna seit ihrer Abfahrt aus

Leipzig hinnahm. Nein, es stimmte nicht ganz: Sie sprachen über das, was sie erlebten, über Politik und Gesellschaft, das DDR-Syndrom im allgemeinen und speziellen. Aber sie sprachen nicht wirklich miteinander, so empfand es Anna. Philipp schien sich von ihr entfernt zu haben, in seine Gedankenwelt, und nach zwei vergeblichen Anläufen hatte Anna es vorübergehend aufgegeben, ihn zu erreichen.

Vielleicht gehe ich ihm nach drei Tagen schon auf die Nerven, dachte Anna. Er sagt doch oft, daß zuviel Nähe zerstörerisch ist. Vielleicht stört ihn mein dezentes Schnarchen oder mein defätistisches Palaver über ein Land, das ich unbedingt sehen wollte. Oder er ärgert sich einfach über die miesen Hotelzimmer, das schlechte Essen und die teuren Weine. Und diese sogenannte Autobahn, auf der sie rasen wie potentielle Selbstmörder. Wieso saßen die Ossis so verkrampft nah hinter dem Steuer und nicht so lässig zurückgelehnt wie ihre reichen Verwandten?

«Bist du müde? Soll ich ein Stück fahren?»

Philipp lächelte sie kurz an, schüttelte den Kopf. «Es ist alles in Ordnung», sagte er. «Ich hoffe, du siehst mir meine schweigsamen Phasen nach, Anna.»

Rücksichtsvolle Anna, die jetzt verzeihend zurücklächelte. Philipp dachte, nichts ist in Ordnung. Er war zutiefst beunruhigt und konnte nicht einmal erklären, worauf sich die Ahnung einer nahenden Katastrophe gründete. Er hatte die beiden Männer aus der *Postkutsche* am nächsten Morgen gesehen, als sie aus dem *Leipziger Hof* auscheckten. Anna nicht, Anna sah nie etwas vor zehn Uhr morgens.

Der eine hatte ihn angegrinst, aus der Ecke der Hotelhalle. Ein konspiratives Grinsen, das Philipp nicht erwidert hatte. Er kennt meine Geschichte mit Susanne, dachte Philipp. Aber was sollte das, nach all den Jahren, in denen er Susanne nicht mehr gesehen hatte? Er wußte nicht einmal, wo sie wohnte, irgendwo in Westberlin war die letzte bekannte Adresse gewesen. Ob es ein Verwandter von Susanne war, der ihn jetzt mit einer alten Affäre erpressen wollte?

Ein Versuch am untauglichen Objekt, dachte Philipp. Seine Frau würde allenfalls eine sarkastische Bemerkung machen und den Wunsch nach einem neuen Wagen anmelden. Sie wußte, daß es Annas in seinem Leben gegeben hatte, daß es eine Anna gab, und sie akzeptierte seine «notorische Untreue», solange Form und Schein gewahrt blieben und sein schlechtes Gewissen ehetaktisch auszuwerten war. Manchmal hegte Philipp den furchtbaren Verdacht, daß Luise Gefallen an dieser Ehesituation gefunden hatte. Die «Opferrolle» wertete sie moralisch auf und ersparte ihr selbstkritische Betrachtungen in bezug auf Wärme und Leidenschaft. Luise konnte sich auf die Instandhaltung ihrer Schönheit konzentrieren, auf die Kindererziehung, die Perfektion des gehobenen Haushalts, auf Vernissagen und gesellschaftliche Verpflichtungen, denen sie mit geheuchelter Langeweile nachkam.

Sein Schuldgefühl war zu groß, um dieses Bild von Luise zu hinterfragen. Der Gedanke, daß sie durch sein Versagen so kalt geworden war, dieser Gedanke war unerträglich und mußte in die hinterste Ecke der Zweifel verbannt werden.

Es fiel Philipp schwer, sich an die junge Luise zu erinnern. Susanne schob sich ins Bild, die Unbeschwertheit der Stunden mit ihr und die Leichtigkeit der Leidenschaft, die nur abgehoben von der Wirklichkeit überleben konnte. Nur abgehoben vom real existierenden Sozialismus, in dem Ministerialrat Philipp Handke als einer von vielen um den Freikauf von Menschen feilschte, in Verhandlungen, die so abstrakt waren, daß man vergessen konnte, worum es eigentlich ging. Geld gegen Ware – und danach in Susannes Wohnung, in ihre Phantasiewelt des guten Sozialismus, der guten Menschen, die sich liebten, statt des anderen Hölle zu sein…

Mein Gott, wie naiv war ihm Susanne vorgekommen – und wie liebenswert in ihrer Naivität. Wie ihn ihr trauriges Gesicht berührt hatte, wenn er zurückfahren mußte in seine Welt. Bewußt oder unbewußt hatte sie seine Beschützerinstinkte mobilisiert, so daß es keine Frage mehr war, ihr zu helfen, als sie Hilfe brauchte.

Noch etwa siebzig Kilometer bis Berlin, der Stadt der schreienden Steine, wie pathetische Berlin-Befürworter es auszudrücken beliebten. Philipps Abneigung gegen Pathos war mit den Jahren in der Politik gewachsen. Für ihn war Berlin eine Stadt der sozialen Konfrontation, der hohen Mieten, des Verkehrschaos – ein Spiegelbild der neuen deutschen Wirklichkeit. Und Politiker hörten schreiende Steine nicht, wenn sie nicht einmal das Seufzen der Menschen erreichte.

«Eigentlich ist es schade, daß die Marx-Familie mit mir ausstirbt.»

Philipp sah Anna von der Seite an. Sie war lange still gewesen, und der Satz klang gefährlich.

«Was heißt hier *eigentlich*? Und was meinst du damit?»

Anna ließ sich Zeit mit der Antwort: «Na ja, ich bin die letzte in der Familie und…»

«Und du hast dich nie über den Mangel an familiären Verpflichtungen beklagt.»

Was interessiert mich mein Geschwätz von gestern, dachte Anna. Wenn sich alles verändert, warum nicht ich? «Eigentlich würde ich gerne ein Kind haben.»

Philipp fuhr so langsam, daß ihn ein Wartburg überholte. «Eigentlich ist eines der überflüssigsten Wörter.

Und ich hätte nicht von dir gedacht, daß du dem Trend zur neuen Mütterlichkeit so unkritisch unterliegst.»

Anna dachte, jetzt endlich habe ich seine Aufmerksamkeit, auch wenn ich diesen überheblich-belehrenden Ton nicht ausstehen kann. Immerhin, der Mann redet wieder mit mir. «Ich denke schon längere Zeit darüber nach. Eigentlich sollte dich das nicht erstaunen... Paß auf, der Trottel auf der rechte Spur überholt gleich...»

Annas Trottel tat, was sie gesagt hatte, und Philipp bremste. Sie hat ein bemerkenswertes Talent, Probleme zu kreieren, wenn ich es am wenigsten gebrauchen kann, dachte Philipp. Man mußte das Thema so schnell wie möglich abschmettern, bevor Anna es zur Tragödie vertiefte.

«Wenn du ein Kind willst, setz die Pille ab. Geh zum Arzt und laß dich untersuchen, ob...» Nein, das war zu hart. «Ich meine, wenn du es wirklich willst und durchdacht hast, dann solltest du dich beeilen.»

Anna sah in sein unbewegtes Gesicht, das auf die Straße gerichtet war. Der Ton völlig neutral. «Dich würde es nicht... äh... stören?»

Natürlich würde es ihn stören. Eine schwangere Geliebte war ein unangenehmes Gesprächsthema. Luise würde ausflippen, das war einfach nicht zu verheimlichen. «Nur bedingt. Würdest du dann aufhören zu arbeiten?»

Fragen stellte der Mann. «Natürlich nicht, wie sollte ich das Kind sonst ernähren. Ich müßte mir eine Tagesmutter suchen.»

Unter anderen Umständen wäre sie vielleicht eine gute Mutter, dachte Philipp, während er einem Schlagloch auswich. «Ich würde natürlich finanziell für das Kind sorgen, Anna. Du müßtest nicht arbeiten.»

Mistkerl. Anna griff nach einer Zigarette. Philipps

Taktik war ihr jetzt klar: Er malte das Bild einer ledigen Mutter, Anna im Haus, das Kindlein im Arm.

«Was hättest du von einem Kind, das du kaum siehst, Anna? Oder besser gesagt, was hätte das Kind von seiner Mutter?»

Er drosselte das Tempo, weil eine Tankstelle in Sicht kam. Anna qualmte verbissen und schwieg. Er bog zur Tankstelle ab, reihte sich in die Schlange ein, wartete auf Annas Antwort. Ein Blick in ihr Gesicht sagte ihm, daß sie verletzt war.

Als er schon an der Zapfsäule stand, kurbelte Anna das Fenster herunter. Rief: «Andere Mütter und andere Kinder haben es auch geschafft.»

Ein paar neugierige Blicke. Mußte sie so laut werden? Das Benzin lief gemächlich durch den Schlauch, Anna starrte ihn herausfordernd an. Philipp sah sich automatisch um, in Erwartung, die Typen aus Leipzig zu erkennen. Verfolgungswahn – und Anna, die noch einen draufsetzte.

Die junge Frau an der Tankstellenausfahrt sah er schon, während er bezahlte. Sie hielt ein großes Stück Pappe in der Hand, auf dem BERLIN stand. Als Philipp in den Wagen stieg und Annas entschlossenes Gesicht sah, war sein Entschluß gefallen. Er bremste den Wagen vor der Anhalterin und forderte sie mit einer Handbewegung auf, hinten einzusteigen.

«Das ist aber nett. Ich steh mir schon die Beine in den Bauch.»

Ingrid Wells lächelte Anna an, die sich nach kurzer Verblüffung und einem lautlosen Fluch auf den feigen Chauffeur umgedreht hatte. Ein breites Lächeln, das etwas gelbliche Zähne enthüllte. Leichter sächsischer Akzent. Anna schätzte sie auf dreißig oder so.

«Ich heiße Ingrid Wells. Und Sie?»

Philipp brummte etwas, das nach seinem Namen klang. Als Anna «Marx» sagte, fing Ingrid Wells an zu kichern. Sie war nach Annas schnell gefällter Meinung äußerst leicht zu unterhalten. Aber sie war hübsch, auf diese fade blonde Art, die Anna mit dem Ausdruck «gelbe Schönheit» abzufertigen pflegte. Niederlagen, die sich nicht auf andere projizieren ließen, waren schwerer zu ertragen.

«Wohnen Sie in Berlin?» Anna drehte sich noch einmal um und bot ihr eine Zigarette an, die dankend abgelehnt wurde.

«Nein. Ich wohne noch in Leipzig. Aber drei Tage die Woche bin ich in Berlin – zu Fortbildungskursen. Und wenn alles klappt, zieh ich irgendwann um. In Berlin ist richtig was los, während Leipzig so...»

«... dröge ist?» Annas Rache an Philipp, der ihr Thema getötet hatte: Sie unterhielt sich mit der Anhalterin, die munter drauflos erzählte: von ihrer Heimatstadt, von ihrem ehemaligen Job als Verkäuferin, von Berlin, das sie ganz dufte fand, von ihren Fortbildungskursen bei der OFG. Man mußte Ingrid nur ein Stichwort geben, dann sprudelte es aus ihr heraus, leicht sächselnd und von unbefangener Mitteilungsfreude...

Ingrid hatte sich kurzfristig entschlossen, ihren Job als Verkäuferin an den Nagel zu hängen und sich bei der «Optimalen Finanzierungsgesellschaft» als Anlageberaterin ausbilden zu lassen. «Wissen Sie, von den neunhundert Mark, die ich im Laden kriegte, da ließen sich keine großen Sprünge machen. Ist doch alles so teuer geworden bei uns. Und ich, na ja, ich mußte mir das alles noch bei der Arbeit anhören: Als ob unsereins dafürkönne, wo wir doch nicht die Preise machen. Also bilde ich mich fort – und in einem halben Jahr oder so, wenn ich das Diplom habe, dann will ich richtig mitverdienen am Aufschwung. Die Leute brauchen ja Versicherungen, wo die anderen

Sicherheiten weg sind. Und wir von der OFG beraten sie, welche Versicherungen auf sie zugeschnitten sind. Kompetent und effizient. Das ist unser Motto. Es ist wirklich ein wahnsinnig interessanter Beruf, will ich Ihnen sagen, und...»

Nur Anna sah, daß Philipp seine Augen nach oben verdrehte... Sanft schob sie seine Hand vom Knopf des Autoradios. «Dann können wir uns doch nicht unterhalten, Philipp.» Zu Ingrid Wells: «Das ist ja wahnsinnig interessant.» Es war nicht pure Ironie oder Bosheit. Anna meinte es fast so. Außerdem faszinierte sie dieser Akzent, in dem es keine harten Konsonanten gab, das P als B und das K als G ausgesprochen wurde. Selbst das CH verwandelte sich in Ingrids Mund zu einem breiten Sssschchch, obwohl sie sich offenbar Mühe gab, hochdeutsch zu reden.

Ingrid Wells erzählte, und Anna gab Stichworte. Philipp Handke schwieg, versuchte, alle Bedrohungen auszuloten, die mit der Namensnennung «Susanne Sawitzki» verbunden sein könnten. Wenn er sich sehr konzentrierte, floß das Geschwätz an ihm vorbei.

Als sie an die Grenzbefestigungen kamen, die in ihrer Verlassenheit noch immer bedrohlich wirkten, schwieg Ingrid Wells.

Anna fröstelte: «Was ist das für ein Gefühl?»

Ingrid Wells fand Anna sehr sympathisch. «Ich weiß nicht, Freiheit ist was Komisches. Irgendwann merkt man es nicht mehr. Immer, wenn ich hier vorbeikomme, zwick ich in meinen Arm und sage mir: Ingrid, du bist frei. Vergiß es bloß nicht.»

«Wo wohnen Sie in Ostberlin?»

Ingrid Wells fand, daß der Fahrer ein sehr schweigsamer Typ war, irgendwie nicht so sympathisch: «Wenn Sie mich irgendwo in der Nähe von Kreuzberg absetzen können... Ich wohne da bei Bekannten, die kurz vor der

Wende rüber sind und das Glück hatten, noch 'ne kleine Wohnung zu kriegen. Sind Sie aus Berlin?»

«Bonn. Die kleine Stadt am Rhein. Waren Sie schon mal da?»

«Nee. Aber die OFG hat dort in der Nähe ihren Hauptsitz. In Düsseldorf. Soll ein ganz vornehmer Laden sein.»

Philipp kannte die OFG nicht, aber der Name und das Anliegen flößten im Mißtrauen ein. Anlageberatung trug den Keim des Unseriösen. Du bist eine Beamtenseele, würde Anna sagen.

Anna kramte jetzt in ihrer Handtasche und überreichte Ingrid Wells ihre Visitenkarte. «Wenn Sie mal nach Bonn kommen sollten, melden Sie sich doch.»

Anna spinnt, dachte Philipp, den der kleine Umweg über Kreuzberg ärgerte. «Die Dame ist eine wichtige Person in Bonn», sagte er spöttisch, während Ingrid ihre Adresse auf einen Zettel kritzelte. Der Kugelschreiber flog ihr aus der Hand, als er abrupt bremste.

«So. Von hier aus kenne ich den Weg zum Flughafen. Kann ich Sie hier rauslassen?»

Die Frage war rhetorisch, aber Ingrid Wells bedankte sich überschwenglich und meinte zu Anna, daß sie sie bestimmt mal in Bonn besuchen würde. Sie winkte, als der Wagen anfuhr. Eine hübsche Blonde im Minirock, die Plastiktasche an die Hüfte geklemmt. Sie winkte noch, als der Wagen nicht mehr in Sicht war. Da war immer so eine Beklemmung, wenn sie in Berlin ankam. Dieses Gefühl, du mußt es schaffen, du mußt dich bewähren, sonst gehste unter. Bloß nicht sächseln, weil dich dann die Leute so abschätzend angucken. Ganz cool bleiben, Augen offenhalten und lernen, wie die sich durchboxen.

«Hau ab, du Kümmeltürke», sagte Ingrid Wells zu dem jungen Mann, der sich ihr aggressiv in den Weg stellte. So kam es ihr jedenfalls vor.

«Piß dir nicht ins Hemd, du Ost-Hure», rief er ihr nach, laut genug, um bei jugendlichen Passanten Gelächter auszulösen. Ingrid bemühte sich um ein cooles Gesicht und den aufrechten, selbstbewußten Gang. Kein bißchen Akzent hat der, dachte sie, und daß es irgendwie eine verkehrte Welt war, in der sie lebte.

V. Kapitel

Alles an dem Raum, an dem Mann war gestylt. Italienische Designermöbel vom Feinsten harmonierten mit Perserteppichen, morderner Grafik und indirekter Beleuchtung bis hin zum Cartier-Tischfeuerzeug und schweren Aschenbecher. Dazu passend trug der Mann edles Leinen in Grau, eine futuristische Krawatte, weiße Seidensocken und eine Cartier-Uhr. Eine gewisse Vierschrötigkeit wurde durch ein Gesicht aufgefangen, das absolut glatt und verbindlich war. Ein Gesicht, das man sehen und sympathisch empfinden – und sofort wieder vergessen würde.

Rolf Harrenberg hielt dies keineswegs für ein Manko, ganz im Gegenteil: «Optische Durchschnittlichkeit gepaart mit scharfer Intelligenz ist vertrauenerweckend», pflegte er zu sagen. Und: «Vertrauen ist gut fürs Geschäft. Was gut fürs Geschäft ist, ist gut für Rolf Harrenberg.» Seine Philosophie der Geldvermehrung bedurfte keiner großen Worte, aber wenn es dem Anlaß entsprach, konnte er sich durchaus gewählter ausdrücken.

Kein Bedarf an diesem Dienstagnachmittag in der Besprechung mit seinem Partner und zwei Außendienstmitarbeitern. Lutz Böhm, mit dem gemeinsam er vor exakt einem Jahr die Interconsulting gegründet hatte, saß zu seiner Rechten, Erich Wells und Andreas Schalke hatten sich in respektvoller Entfernung niedergelassen.

Zonengeschmack, dachte Harrenberg beim Anblick der drei: Es fing bei den Schuhen an und endete beim Haarschnitt. Lediglich Lutz zeigte in den letzten Monaten die Tendenz zu gehobener Anpassung, zumindest was die Anzüge betraf. An den Schuhen sollst du sie erkennen: Er löste seinen Blick von den weinroten Schuhen über weißen Socken. Man mußte in diesen Angelegenheiten vorsichtig sein: Sie waren ja alle so empfindlich, ganz besonders Lutz Böhm, der sich von den Höhen der KoKo-Macht in Ostberlin in die Niederungen des Ost-West-Geschäftes mit anderen Mitteln begeben hatte. Ein sanfter Fall, aber ein Fall immerhin.

Erich Wells und Andreas Schalke liefen in den Geschäftsunterlagen als «Kontaktpersonen Ost». Ihre Vergangenheit als Stasi-Mitarbeiter war in diesem Zusammenhang nur von Vorteil, waren ihre Kontakte in den neuen Bundesländern doch vielschichtig und gewinnbringend. Auf der persönlichen Schiene schätzte Harrenberg die bedingungslose Loyalität seiner Mitarbeiter und daß sie keine unnützen Fragen stellten.

Mit Lutz Böhm hatte er einen Goldesel an Land gezogen. Ein Mann, der von geheimen Konten und Transaktionen wußte, wendegerecht einsetzbar wie die Aktenkopien, die jetzt im Safe des Düsseldorfer Büros lagen. Ein ängstlicher Esel, der noch immer nicht ganz kapiert hatte, daß Wissen Gold war. Persönlich etwas schwierig, der Mann. Empfindlich sowieso, aber manchmal auch furchtbar aufbrausend. Klarer Fall von Identitätskrise, dachte Harrenberg, der seinen *Spiegel* las. Nur seinem gewinnenden Wesen war es zu verdanken, daß es bisher noch zu keinem größeren Krach gekommen war.

«Alles wie am Schnürchen gelaufen», sagte Wells jetzt zu seinem alten und neuen Vorgesetzten Böhm. «Der Typ ist fast vom Stuhl gekippt, als ich den Namen erwähnte.»

Lutz Böhm nickte nur knapp. Gelobt wurde erst, wenn eine Aktion erfolgreich abgeschlossen war. «Und jetzt?» fragte er seinen Partner, den er aus verschiedenen Gründen gleichermaßen haßte und bewunderte.

«Jetzt lassen wir den Typ ein paar Tage schmoren, um ihn mürbe zu machen.» Rolf Harrenberg schlug die Beine lässig übereinander. «Auf Susanne können wir uns doch verlassen?»

«Sie ist Modeliermasse in meinen Händen. Wenn es soweit ist, fliegt sie nach Bonn und ruft ihn an.» Lutz Böhm versuchte, so entspannt dazusitzen wie sein Partner, aber es gelang ihm einfach nicht. Verkrampfte Muskeln, feuchte Hände – die Angst saß tiefer, als er fassen konnte. Selbstvertrauen, Zuversicht, Stärke: Das war wie ein Echo aus fernen Tagen, als er noch auf dem Boden des Staates geschritten war, gebunden an Gesetze und Regeln, die vertraut, ja verinnerlicht waren. Seit eineinhalb Jahren war diese Sicherheit weg, fühlte er sich als Seiltänzer in Höhen, die Schwindel verursachten. Es war kein schönes Gefühl, das der Unterlegenheit gegenüber seinem Partner. Mit einem Vorgesetzten umzugehen, das war etwas anderes gewesen, denn man kannte seine Grenzen und Möglichkeiten. Aber bei Rolf wußte man nie, woran man war.

«Sollen wir ihn weiter im Auge behalten?» fragte Wells, die Augen auf Böhm gerichtet.

Harrenberg antwortete: «Nein, das wäre zu gefährlich. Ich habe andere Aufgaben für euch. Wir haben da Klienten, die in Leipzig Probleme mit Genehmigungsverfahren nicht in den Griff kriegen. Ich habe angedeutet, daß wir über gute Kontakte verfügen und sich mit relativ geringen

Summen etwas machen läßt. Zweihunderttausend sind drin – wenn ihr höher gehen müßt, bitte ich um Rücksprache.»

Zu Böhm: «Ich denke, du solltest mit ihnen die Einzelheiten besprechen.»

Erich Wells dachte, daß der West-Chef (ganz im Gegensatz zum Ost-Chef) verdammt höflich war. So ein gepflegter Ton, jedenfalls solange man keine Scheiße baute. Als Böhm aufstand, erhob er sich sofort und berührte Andreas Schalke am Ellenbogen. Der träumte mal wieder von der guten alten Zeit, statt aufzupassen. Oder von der Königsallee, in der das Büro lag. Soviel Überflüssiges für soviel Geld hatte der Schalke noch nie in einer Straße versammelt gesehen. Und die Weiber erst, die sahen alle aus wie Bonzengattinnen, nur jünger und schicker. Der Schalke mußte aufpassen: Für Träume war nicht mehr die Zeit. Wer was verpennte, mußte passen: So war das hier.

Andreas Schalke trottete hinter Böhm und Wells aus dem Besprechungszimmer, wäre an der Tür fast mit seinem Kollegen zusammengestoßen. Erich Wells hatte noch eine Frage: «Was ist mit der Journalistin, mit der er zusammen ist? Diese Anna Marx aus Bonn?»

Harrenberg winkte gelangweilt ab: «Dem guten Mann wird kaum daran gelegen sein, seine schmutzige Vergangenheit in die Presse zu bringen.»

«Und wenn er durchdreht?» fragte Böhm.

Rolf Harrenberg strahlte Zuversicht und Stärke aus: «Keine Sorge, den haben wir voll im Griff.»

Nachdem sich die Tür sanft und satt geschlossen hatte, telefonierte Rolf Harrenberg mit seinem Kunden, der in den Geschäftsunterlagen als X geführt wurde. Top-secret, nur Lutz und er wußten, wer hinter der größten Transaktion stand, die Interconsulting bisher durchgeführt hatte. Millionen, dachte Harrenberg, und das Wort klang nach Engelsmusik. Nach einer Yacht vielleicht oder einem hübschen Haus in der Karibik – oder beidem, wenn es ihm gelingen sollte, Lutz Böhm ein ganz klein wenig zu übervorteilen.

VI. Kapitel

Der Himmel über Berlin war blau, aber es mochte daran liegen, daß sich zu viele Menschen diesen Himmel teilten, so daß sich die Farben in gräulichem Dunst verloren. Wer sah schon nach oben, wenn er auf Fußgängerverkehr, auf Ampeln und Autos achten mußte? Susanne Sawitzki umklammerte den Griff ihrer Handtasche, als ein junger Mann von zweifelhaftem Äußeren neben ihr stehenblieb, auf die Kleider starrte, die er seiner Freundin oder Frau nie kaufen würde. Susanne Sawitzki verlor die Lust an der edlen Boutique sofort. Hineinzugehen wäre eine Möglichkeit gewesen, der Straße zu entfliehen. Aber sie wußte, daß Verkäuferinnen in edlen Boutiquen die Gabe hatten, sie einzuschüchtern, bis zu dem Punkt, an dem sie etwas kaufte, das sie gar nicht haben wollte.

Sie ging weiter in Richtung Meinekestraße, drehte sich ein paarmal um, aber niemand folgte ihr. Susanne dachte, daß sie in eines der Straßencafés gehen könnte, oder in Willis In-Lokal, von dem sie nur noch Schritte entfernt war. Aber sie hatte Angst vor seinen Fragen. Zum Beispiel, warum sie letzte Woche nicht aufgetaucht war? Susanne sah ihn förmlich vor sich: «Mensch, Mädchen, wir hatten den Laden voll, und glaub mir, wir haben dich vermißt.»

Willi mit der weißen, langen Schürze, dem Dreitagebart, dem schwarzen Seidenhemd, den Griff an der Champagnerflasche. Willis Gäste tranken viel Champagner. Sie aßen Buletten dazu, weil das irgendwie witziger war als Austern. Sie saßen auf unbequemen Stühlen und gafften den knackigen Kellnerinnen nach. Sie sprachen über ihr Geld, ihre Autos, ihre Freundinnen. Manchmal brachten sie die Freundinnen mit: jung und schön und sehr gelangweilt.

Willi war Susannes Freund seit zwei Jahren, seit ihr Mann gestorben war. Lungenkrebs. Das kam vor, auch im Westen, und Susanne war froh, daß es schnell gegangen war. Nicht nur, weil sie einen Ekel vor Krankenhäusern hatte. Auch seinetwegen. Und nun gab es Willi, Freund und Arbeitgeber, eine vielleicht nicht glückliche Kombination, aber sie kam Susannes Entscheidungsunlust entgegen. Dinge passierten einfach, und sich nicht zu wehren war immer schon der bequemste Weg gewesen.

Als sie diesen Unfall hatte und es mit dem Musikstudium vorbei war, da war ihr Sebastian begegnet, ein Mann zur rechten Zeit, ein Mann, der sie heiraten wollte, den sie geheiratet hatte, weil Lutz Böhm nichts dagegen hatte. Sebastian hatte beim Senat gearbeitet, und Susanne hatte Lutz Böhm erzählt, was an Informationen aus dem Büro des Innensenators abfiel.

Nicht viel, so hatte Susanne immer gedacht. Die Spionage fürs Vaterland, das war ihr lächerlich erschienen, so wie die konspirativen Treffen mit Böhm, die Tarnung als Dissidentin, all die Masken, die man ihr aufgesetzt hatte, um das Spiel in Gang zu halten.

Sie stand vor einem Musikgeschäft, preßte ihr Gesicht gegen die Scheibe, starrte auf das Cello. Dachte: Wenn ich diesen Unfall nicht gehabt hätte...

«Seien Sie froh, daß nicht mehr passiert ist, hatte der

Arzt gesagt, als sie mit einem steifen Finger aus dem Krankenhaus entlassen wurde. Wie grausam gedankenlos Menschen doch waren. Wenn ich Cellistin geworden wäre, dachte Susanne, dann hätten sie mich in Ruhe gelassen. Aber so hatte sie Sebastian getroffen, den «wertvollen Informationsträger» in der Sprache Böhms, den netten, ahnungslosen Ehemann, den sie ohne das Element des Verrats hätte lieben können.

Aber nicht so sehr wie die Musik, dachte Susanne, während sie ihren Blick von dem Instrument löste. Ihr Atem hatte die Scheibe beschlagen. *Nein*, schrieb Susanne mit dem steifen Finger auf die Scheibe. Nein war ein Wort, das sie in ihrem Leben zu selten benutzt hatte.

Kein Nein, als die Schulleiterin der Siebzehnjährigen ein Stipendium anbot. Hatte sie überhaupt kapiert, was man von ihr wollte, als ihr Lutz Böhm zugeführt wurde? Ein netter, sympathischer Mann, der mit ihr über Musik sprach, über ihre Zukunftspläne, über ihren Freundeskreis, Vaterersatz oder zumindest väterlicher Freund. So hatte sie damals gedacht, und Susanne hielt bis heute daran fest, daß sie ahnungslos in eine Affäre gestolpert war, die sie nie wieder loslassen würde.

«Man muß ein Ziel haben und diesem Ziel alles andere unterordnen.» Böhms Worte damals. Sie hatte seinen Worten geglaubt. Weil es ja auch viel einfacher gewesen war, als seine Autorität in Frage zu stellen, das, was er repräsentierte: den Staat, das Recht. «Solange wir zwei zusammenhalten, kann dir nichts geschehen.» Komisch, daß sie so lange gebraucht hatte, um die Drohung hinter seinen Sätzen zu erkennen. Um zu begreifen, daß ihre Abhängigkeit von ihm so groß war, weil er der einzige war, dem sie nichts vormachen mußte.

Susanne löste sich von den Musikinstrumenten und der unangenehmen Reise in die Vergangenheit. Sie konzentrierte sich auf die Straße, den dichtbevölkerten Gehweg, ohne Menschen wahrzunehmen. Sie war so müde, seit Tagen schon – und wenn ihr die Wohnung nicht wie ein Gefängnis erschienen wäre, hätte sie kaum die Kraft aufgebracht, auf die Straße zu gehen. Zwei Tage, ohne den Telefonhörer abzunehmen. Zwei Nächte, in denen Schlaftabletten die Reise ins Nichts ermöglicht hatten.

Willis wilde Bulettenbar an der Ku'dammecke war jetzt dicht vor ihr, sie konnte Willi durch die Glasscheiben erkennen, er stand neben einem seiner schönen Mädchen, die als Kellnerin jobbten und fest daran glaubten, daß sie in einem In-Lokal den Mann ihres Lebens treffen würden. Den Porsche-Mann oder zumindest den Szene-Mann, der sie zu den richtigen Parties einladen würde. Manchmal beneidete Susanne die Mädchen um ihre unbekümmerte Lebensgier, dann wieder fand sie sie schrecklich oberflächlich und dumm.

Susanne wußte, daß die Mädchen nicht verstehen konnten, was Willi an der «Cellistin» fand. Daß sie sich über ihre penible Art lustig machten – und sie gleichzeitig fürchteten, wenn abgerechnet wurde. «Die bescheißen mich, wo sie können», sagte Willi immer. Und daß er sich im Laden nur auf Susanne verlassen könne. Und überhaupt. So lässig sich Willi seinen Gästen präsentierte, so bodenständig und geschäftstüchtig war er hinter den Kulissen. Das vor allem mochte sie an ihm. Eine gewisse Klarheit in der Persönlichkeitsstruktur. Und Willi war nun wirklich keiner, den man ausspionieren konnte. Also keiner, den man anlügen mußte. Zwei Jahre lang, dachte Susanne, habe ich gelebt wie ein ganz normaler Mensch. Mit Vergangenheit, mit zerplatzten Träumen, aber ohne das ständige Gefühl von Angst und Selbstekel.

Was würde Willi sagen, wenn sie ihm die Wahrheit offenbarte? Würde er lachen oder von ihr abrücken? Sie mit seinem Wissen erpressen? Noch einer, dem sie sich ausgeliefert hatte?

Susanne preßte die geballte Hand auf den Mund, um ein hilfloses Stöhnen zu unterdrücken. Sie hatte nicht aufgepaßt: Willi stand jetzt an der Tür und winkte ihr lässig zu, schließlich waren Gäste da, und hier war nicht der Ort, Emotionen zu zeigen.

Weglaufen? Ihre Füße schienen ihr bleiern, als sie auf ihn zuging: eine kleine Person mit langen braunen Haaren, die ihr glatt über die Schultern fielen, mit grünen Kinderaugen und schwarzem Minikleid. Den steifen Mittelfinger ihrer rechten Hand hatte sie auf ihr Herz gepreßt, als sie vor Willi stand.

«Mensch, Mädchen, wo warst du denn? Ich hab mir beinah Sorgen gemacht.»

Die Stammgäste, die die Verhältnisse kannten, nickten ihr zu und grinsten neugierig bis aufmunternd.

«Es ging mir nicht so gut», flüsterte Susanne. So was sprach man in Willis Bar nicht laut aus, weil es nicht zum Image paßte. Willi küßte sie auf beide Wangen, böse war er offenbar nicht, und deutete dann auf das schwarze Telefon auf der Theke.

Susanne schüttelte den Kopf. «Mein Telefon war kaputt», log sie, es war schon so sehr zu einer Gewohnheit geworden, daß sie ihre Lügen als Wahrheit empfand. Die Kellnerinnen begrüßten sie mit jenem Lächeln, das sie aufsetzten, wenn «Mittelklasse-Leute» Tische besetzt hatten und Bier statt Champagner tranken.

Willi war nicht nachtragend. Die «Cellistin» war ein Juwel fürs Geschäft: Wo zum Teufel fand man in diesen Goldgräberzeiten noch zuverlässige Mitarbeiter? Außerdem mochte er sie auch auf privater Basis, weil sie nicht zickig war, nicht unbescheiden, appetitlich sowieso und treu wie Gold. Und irgendwie geheimnisvoll: Er hatte bisher nicht herausgefunden, worauf sie wirklich abfuhr. Im Gegensatz zu den Mädels redete sie nicht ständig über sich. Wenn er nachts um zwei aus dem Laden kam, hatte er wirklich genug vom dummen Geschwätz der Leute, dann brauchte er Ruhe und Entspannung. Susanne forderte nichts von ihm, was ihn anstrengen könnte. Gut möglich, daß diese Beziehungskiste einer Liebe ähnlich war.

«Ein wenig Schminke wäre nicht schlecht gewesen», sagte er, während er ihr liebevoll übers Gesicht strich. «Willste was essen? Uly kommt gleich mit seiner Clique, und ich habe Sushi vorbereitet.»

Susanne schüttelte den Kopf, nahm eine der Buletten, die auf der Theke standen. Sie waren klein, aber kostenlos in *Willis wilder Bulettenbar*, eine Geste des Hauses, die über die Getränkekalkulation mitfinanziert wurde. Eine Geste, die von Reichen über Pseudoreiche bis zu Schnorrern gleichermaßen geschätzt wurde. «Mit gutem Speck fängt man erstklassige Mäuse» war eine von Willis Geschäftsdevisen.

«Du bist nicht böse?»

Willi lächelte tolerant, und Susanne setzte sich mit einem Gefühl der Erleichterung an die Kasse. Während sie automatisch Kassenbons checkte, flogen die Gedanken wieder weg in die andere Zeit. Zweimal nur war Lutz Böhm wirklich böse auf sie gewesen: Etwa eineinhalb Jahre nach ihrem Kennenlernen, als sie zu ihm gesagt hatte, wie schäbig sie sich vorkomme, ihre Kommilitonen auszuhorchen, den *agent provocateur* in der Gruppe zu spielen. Susanne erinnerte sich genau an Böhms Zornesader, an seine Vorhaltungen, ob sie etwa Mitgefühl mit Staatsfeinden habe? Und wie er ihr dann erzählte, daß es in dieser Gruppe noch einen Informanten gäbe, dessen oder deren Namen er ihr nicht nennen konnte.

Er muß genau gewußt haben, daß dies mein Verhältnis zur Gruppe verändern würde, dachte Susanne. Daß ich anfing, sie mit Mißtrauen zu sehen, weil es ja sicher war, daß eine oder einer von ihnen mich beobachtet und betrügt.

Ein Jahr später war Karl verschwunden, einer der talentiertesten Geiger ihres Jahrgangs, und alle wußten, daß die Stasi ihn abgeholt hatte. Ein Volksschädling. Einer weniger. Hatte sie sich je für Politik interessiert? Aber sie hatte Karl gemocht, und sie war ganz sicher, daß sie nie etwas wirklich Schädigendes über Karl gesagt hatte.

Der furchtbare Streit mit Lutz Böhm hatte damit geendet, daß er in ihrem Bett lag: Diese Nacht hatte Susanne nie verdrängen können, weil sie ihre Unterwerfung damit besiegelt hatte, daß sie ihm alles gab, zuletzt auch ihren Körper, den er nahm wie ein Stück Fleisch, wenn man Hunger hat.

War Haß ein angemessenes Gefühl für das, was das Leben ihr angetan hatte. Susanne sah hoch in das grinsende Gesicht von Uly Farkasch. Er grinste immer, das erfolgreiche Zahnarztlächeln, und er hatte als Stammkunde Anspruch auf ihre Aufmerksamkeit.

«Ein Fläschchen Dom Perignon, liebste Susanne.»

An Ulys Arm hing ein Mädchen, das seine Tochter sein konnte und es bestimmt nicht war. Susanne befahl sich, locker und fröhlich auszusehen, um dem allgemeinen Lebensgefühl zu entsprechen. Sie sah sich nach Willi um, der die Flasche bereits liebevoll in Händen hielt. Ulys Begleiterin machte Champagneraugen.

«Hast du meine neueste Errungenschaft schon bewundert?»

Susannes Blick folgte Ulys Zeigefinger, der in Richtung Straße wies. Menschen und Autos.

«Der goldlackierte Rolli dort, direkt vor Willis Laden.»

Susanne starrte schweigend auf das seltsame Gefährt.

Ein verfremdeter Trabi, zum Kabriolett umgebaut, golden lackiert und mit schwarzen Ledersitzen. Sie dachte: Uly ist bestimmt so lange gekreist, bis er den Parkplatz direkt vor der Bar fand. «Sieht witzig aus», sagte sie schließlich, merkte an seiner Reaktion, daß ihr Kommentar dem Anlaß entsprechend nicht originell genug gewesen war.

Willi stand am Fenster und drückte die geforderte Bewunderung aus.

«150 PS unter der Haube. Ihr solltet mal sehen, wie blöd die BMWs glotzen, wenn ich an denen vorbeizische. Hat natürlich ein Vermögen gekostet, der Umbau, aber das war mir der Spaß wert.»

Die Gäste lachten und einige gingen raus, um den Spaß aus der Nähe zu besichtigen. Willi entkorkte die Champagnerflasche, und zwei Kellnerinnen brachten Platten mit Sushi. Uly stand im Mittelpunkt seiner Clique und des Geschehens in *Willis wilder Bulettenbar*. Die kleinen Freuden, die blieben, wenn man schon mit anderer Leute Gebiß seine Brötchen verdienen mußte.

Susanne stand außerhalb, aber das merkte keiner, nicht einmal Willi, der jetzt die zweite Flasche entkorkte. Damals, als die Mauer fiel, da war sie für ein paar Tage «in» gewesen. «Wie fühlst du dich jetzt?» hatten alle gefragt. «Unwirklich», hatte sie geantwortet und war mit Willi und seinen Stammkunden und Champagnerflaschen ans Brandenburger Tor gezogen, um zu feiern. Nur drei, vier Nächte, dann war es vorbei, das wilde Gefühl der Freiheit und Verbrüderung. Dann hörte sie die ersten abfälligen Bemerkungen über stinkende Trabis, Verkehrschaos, die Schnorrer von drüben. Willis Gäste waren bestimmt kein repräsentativer Querschnitt der Berliner Bevölkerung: Aber wie lange hatte es gedauert, bis die Freude dem Überdruß gewichen war, die Anteilnahme dem Spott, dem Rausch der Kater? Bis einer sagte: Man müßte jetzt eine achtspurige Autobahn bauen – aber ohne Übergänge.

Jetzt bin ich wirklich frei, hatte Susanne gedacht, als die Mauer fiel. Frei von Lutz Böhm und seiner Macht. Frei von Angst. Und dann war alles nur noch schlimmer geworden, als die Stasi-Akten ins Gespräch kamen, die Stasi-Hysterie ausbrach und die Gerechten nach Rache schrien. Susanne hatte zwei aus ihrer Gruppe im Fernsehen gesehen, kurz nach der Wende, als die Oppositionellen noch als Volkes Stimme gehört wurden. Gerechtigkeit hatten sie gefordert und schonungslose Aufdeckung und Bestrafung der Volksverräter.

Das Volk ist dasselbe geblieben, nur die Verräter haben ihre Positionen gewechselt, hatte Susanne gedacht, und wie gern sie jetzt auf der richtigen Seite wäre. Und dann hatte sie in einem Zustand innerlicher Starre gewartet, daß *es* passieren würde: die Akte auftauchen, ihr Name irgendwo veröffentlicht, einer von Tausenden, ein Verrätername... Aber nichts war geschehen in dieser langen Wartezeit... bis Lutz Böhm an ihrer Wohnungstür stand. Genau wie früher: Du schuldest uns einen kleinen Gefallen, Susanne. Böhm hatte sich nicht geändert. Nichts hatte sich verändert. Die Mauer war unsichtbar geworden. Das war alles.

«Würdest du mir zutrauen, jemanden zu verraten? fragte sie viele Stunden später den nackten Mann in ihrem Bett.

Willi dachte an seine Kasse. Sah erst Susanne an, dann auf die Uhr: halb drei Uhr morgens. Er war müde und hatte absolut keinen Bock auf ernsthafte Unterhaltung. Aber sie sah aus, als ob sie Streicheleinheiten nötig hätte.

«Nein. Du bist der ehrlichste Mensch, der in dieser verdammten Stadt frei rumläuft. Wieso fragst du so was?»

Der Mann in ihrem Bett drehte sich zur Seite, um ihr zu zeigen, daß er eine kurze Antwort erwartete.

«Den Mann, mit dessen Hilfe ich rübergekommen bin.»

Eine Frau, die kurz vor dem Morgengrauen in Rätseln sprach, war eine Beulenpest. «Welcher Mann?»

Susanne lag auf dem Bauch, hatte ihr Gesicht in die Hände gestützt und starrte auf das Metallgitter des Bettes. «Er hieß Philipp, wir haben uns in Ostberlin kennengelernt. Bei einem Konzert.»

«Und dann?» Schläfrig.

«Dann haben wir uns immer getroffen, wenn er in Ostberlin war. Er war irgendein Beamter in Bonn und hatte bei der Ständigen Vertretung zu tun, weißt du.»

Ein Ex, dachte Willi, und warum auch nicht? Daß sie fast nie über ihre Vergangenheit sprach, hieß ja nicht, daß sie keine hatte.

«War er nett? Hast du ihn geliebt?»

Eine komische Frage, dachte Susanne. Das Gitter warf im Halbdunkel bedrohliche Schatten, und sie wechselte ihre Position, so daß sie auf das Fenster gegenüber des Bettes sah. «Ich weiß nicht. Er war viel älter als ich, und er sprach über Dinge, von denen ich nichts wußte. West-Dinge, du weißt schon. Über Reisen und so Zeug. Aber er verstand viel von Musik. Ich glaube schon, daß ich ihn gemocht habe.»

«Vielleicht hast du ihn auch nur angemacht, weil du seine Hilfe wolltest. Wär ja verständlich.»

Seine Stimme war so schläfrig, daß sie ihn kaum verstand. Susanne rückte ein Stück näher, kuschelte sich an seinen Rücken. Schutz und Geborgenheit: Ließ sich das an einem Männerrücken finden?

«Wir haben uns fast ein Jahr lang getroffen, bevor wir darüber sprachen. Ich meine, daß ich raus wollte. Er hat mir nichts versprochen, aber er kannte die richtigen Leute, und zwei Monate später hatte ich die Papiere. Ich war wirklich überrascht, weil ich dachte, daß es Jahre dauern würde.»

Willi rückte ein Stück ab. Beim Schlafen brauchte er Bewegungsfreiheit. «Na, vielleicht waren sie froh, eine Regimekritikerin los zu sein.»

War da Sarkasmus in seiner Stimme? Susanne beugte sich über ihn, um sein Gesicht zu sehen, aber seine Augen waren geschlossen. Er sah so friedlich aus – und so unberührt.

«Er hat mir dann bei der Wohnungssuche geholfen und daß ich in Berlin ein Stipendium kriegte. Aber wir haben uns dann nicht mehr oft gesehen. Ich glaube, er weiß gar nichts von dem Unfall, von meiner Heirat mit Sebastian. Unsere Beziehung ist einfach eingeschlafen, verstehst du?»

Willi war eingeschlafen. Als sie ihn berührte, murmelte er etwas, das sie nicht verstand. Susanne legte sich zurück, löschte die Lampe an ihrer Seite, lag mit offenen Augen im Dunkeln. Dachte, daß sie wieder eine Schlaftablette brauchen würde, um sich von den Schatten zu befreien. Das Problem war, daß sie mit jedem Tag länger wurden.

Sie stand auf und tappte im Dunkeln ins Badezimmer. In der Küche spülte sie die Schlaftablette mit Wein nach. Legte sich neben den Schlafenden, der sich davongestohlen hatte, als sie sich ihm nähern wollte. Susanne dachte an Philipp: Gehörte er jetzt auch zu *denen*? Oder welchen Grund gab es, daß sie ihn treffen mußte? Oder war Böhm jetzt auf Philipps Seite, so daß sie jetzt für *die* benutzt wurde? Oder war Philipp immer Teil dieses Spiels gewesen, so daß die Wahrheit nur ihrer Demütigung diente? Und dann? So dumm war sie doch nicht zu glauben, daß ihre Dienste damit beendet waren, mit Philipp zu sprechen. So wie Böhm aufgetreten war, ging es um eine große Sache, nicht um ein kleines Gespräch. Um Politik? Susanne haßte Politik. Um Geld? Böhm hatte angedeutet, daß man sie bezahlen wollte. Natürlich konnte sie Geld gebrauchen, die Wohnung war teuer, und die Witwenpension und das, was Willi ihr bezahlte, reichten gerade so aus. Hätte sie wenigstens Geld verlangen sollen – viel Geld?

Susanne, die mit offenen Augen im Dunkeln lag, spürte endlich den Schlaf kommen, der sie von ihren Fragen erlösen würde. *Ich will nicht mehr*. Der Satz fraß sich in ihr fest, jenseits aller Fragen und Antworten. *Ich lasse mich nicht mehr von ihnen benutzen*. Der Satz gab ihr das Gefühl von Mut und Stärke. Mit diesem Satz schlief sie ein.

VII. Kapitel

Der Oberbürgermeister hatte seine Rede beendet. Der Staatsbesucher hatte sich in gewähltem Englisch für die Ehre bedankt und sich anschließend ins Goldene Buch der Stadt Bonn eingetragen. Ein Zeremoniell, das Anna bestimmt schon fünfzigmal beobachtet und beschrieben hatte. Gleich würde es Sekt geben, eine halbe Stunde Blabla – und den meist vergeblichen Versuch, dem Protokollbeamten des Auswärtigen Amtes etwas Lohnenswertes für die Klatschspalte zu entlocken.

«Er macht Bodybuilding», sagte der Protokollbeamte zu Anna. «Hat seine Gerätschaften mit auf den Petersberg gebracht.»

Immerhin. Anna musterte den bulligen Südafrikaner aus der Distanz, nippte an ihrem Sektglas, flüsterte plötzlich: «Stimmt es, daß er seine Freundin mitgebracht hat? Die Dame, die da hinten unter dem Gobelin steht?»

«Ich bitte Sie, Frau Marx. Der Mann ist verheiratet. Die Dame unter dem Gobelin ist die Übersetzerin seines Außenministers.»

«Das eine schließt das andere ja nicht aus», murmelte Anna und erntete einen mißbilligenden Blick hinter einer Hornbrille. Dr. Fiege war humorlos, eine Eigenschaft, die er mit vielen höheren Beamten und Politikern seiner Generation teilte. Anna schätzte ihn auf circa fünfundfünfzig. Ein bißchen konservativ, ein bißchen selbstgerecht, immer ein bißchen dafür und ein bißchen dagegen. Wie Degenhardts alter Notar Bolamus.

Nur Berlin war ein bißchen zuviel. Dr. Fiege war natürlich pro Bonn und gegen Berlin. Aus politisch-historischen Erwägungen, wie er Anna bei ihren gelegentlichen Treffen versichert hatte. Nein, sein Haus in Mehlem spielte da überhaupt keine Rolle. Auch nicht, daß seine Frau an einer Godesberger Schule unterrichtete. Der Sohn das AKU besuchte. Nein wirklich, persönliche Erwägungen spielten bei solch großen Entscheidungen eine absolut untergeordnete Rolle.

Wie verlogen sie alle waren, dachte Anna, die mit dem Bonn-Berlin-Streit viele Zeilen gefüllt hatte, bis hin zum bitteren Ende für die kleine Stadt am Rhein. Die Beamten, die ihre Autos mit Pro-Bonn-Aufklebern schmückten und um Eigenheime zitterten. Warum auch nicht? Aber warum nicht ein bißchen mehr Ehrlichkeit in der Diskussion? Die Bonner Wirte, die auf die Barrikaden stiegen, so plötzlich verliebt in diese Stadt. Und die Lokalblätter, die in geifernder Stellungnahme jeden Stiesel ins Blatt brachten, wenn er sich nur für Bonn aussprach. Armes Bonn, das sich gewissermaßen selbst entlarvt hatte. Arme Anna, der beim Gedanken an einen Umzug nach Berlin flau im Magen wurde.

«Der Oberbürgermeister sieht ohne Hauptstadt-Flair

sehr verloren aus», sagte Anna zu Dr. Fiege, der sich während ihrer Schweigeminuten mit dem Chef des Presseamts unterhalten hatte.

«Sie waren in der journalistischen Auswertung der Bonn-Diskussion manchmal ein bißchen spöttisch», erwiderte Dr. Fiege und versuchte ein Lächeln, um den Vorwurf abzuschwächen.

Anna dachte, daß es Zeit für den Abgang war. «Ich liebe Bonn, Herr Dr. Fiege. Aus vielen ganz egoistischen und persönlichen Gründen war und bin ich gegen Berlin. Der Spott richtete sich nur gegen die Bonn-Befürworter.»

Päng. Fiege sah ihr nach, wie sie davonschritt in Richtung der Geliebten des Präsidenten, ach Quatsch, jetzt fing er auch noch an, dem Klatsch zu glauben. Die Marx hatte eine böse Zunge, typische Begleiterscheinung einer unverheirateten Journalistin unter hundert. Außerdem lief das Gerücht, daß sie mit Dr. Handke liiert war. Kein Wunder, daß sie das Thema «Geliebte» so interessierte. Andererseits mußte man aufpassen: Handke war ein Mensch, an dem man schlecht vorbeikam in Bonn. Fiege dachte, der Mann wäre ein Idiot, wenn er seine nette und elegante Frau gegen dieses rothaarige Monstrum eintauschen würde.

Anna Marx verließ das alte Rathaus und ging zu ihrem Wagen, der in der Marktplatz-Tiefgarage geparkt war. Neue Stöckelschuhe, mit denen sie hängenblieb. Sie fluchte, als sie ihren Schuh befreite. In Bonn, da schrien die Steine nicht wie in Berlin, sie ruinierten nur die Stöckel. War das vielleicht ein Argument, die Idylle zu verlassen?

Es gab Tage wie diesen, da nervte einfach alles. Die Putzfrau mit Migräne, die Waage, die zwei Pfund mehr anzeigte, diese dämliche Politesse mit ihrem Obrigkeitsgehabe, der plump-vertrauliche Pförtner im Verlagshaus, die Rathaustypen und Bonner Sonntagsreden. Anna nervte

Anna, weil sie einfach nicht verstand, was mit Philipp los war seit dieser verdammten Reise. So als ob ihre Welt um diesen einen Mann kreisen mußte.

Es gab einfach Tage wie diesen – und man mußte sie schnell hinter sich bringen. Anna fluchte, weil sie ihr Auto nicht sofort fand. Wie sollte man das auch in diesen stinkigen Katakomben, vollgepfropft mit Autos, die alle gleich aussahen? Keine Panik. Das Leben konnte so schön sein, wenn man oben war. Ein Glückfall, den Wagen jetzt zu finden, den dazu passenden Schlüssel, den Parkschein.

Anna fuhr in die Redaktion, tippte zwanzig Zeilen in den Computer, senkte den Blick, als Chefredakteur Gruber durch den Raum rauschte. Er hatte ihre «nonchalante Berichterstattung» zum Bonn-Berlin-Streit gerügt, auf Anweisung des Verlegers, wie man wußte, denn die Familie des Verlegers verfügte über Grundbesitz in Bonn, und hier waren der objektiven Meinungsbildung und Annas unbekümmertem Spott deutliche Grenzen gesetzt.

«Jede und jeder hat das Recht, Fehler zu machen: aber nicht auf meine Kosten.» Gruber fiel der Satz des Verlegers wieder ein, als er Annas gebeugten Rücken vor dem Computer sah. Dachte: Ab und zu braucht sie einen Dämpfer, sonst wird sie zu frech. Der Satz ließ sich im Prinzip auf alle Frauen anwenden, sogar auf die eigene. Und einen Teufel würde er tun, diesen oder ähnliche Sätze vor der unholden Weiblichkeit der Redaktion auszusprechen. Die Marx hatte vor kurzem nach einer Gehaltserhöhung gefragt. Es tat ihr sicher gut, eine Weile darauf zu warten.

Als Gruber seinen Kontrollgang endlich beendet hatte, wählte Anna Philipps Geheimnummer im Büro, versuchte es bei seiner Sekretärin, als sich niemand meldete. Erfuhr, daß Dr. Handke bei einem wichtigen Termin sei. Nach dem ehrfürchtigen Ton zu urteilen, war es mindestens ein Staatssekretär. Anna dankte und legte auf.

Sie sah so unglücklich aus, daß es sogar Udo Mertens auffiel, dem Kollegen aus der Politik, der Anna nicht immer gewogen war. Schon gar nicht, wenn sie, wie er es ausdrückte, in seinem Revier wilderte. Er blieb vor ihrem Schreibtisch stehen. «Was ist los? Hat dich die Reise in die neuen Bundesländer so deprimiert, oder was? Oder der Anpfiff von Gruber?»

Anna sah zu ihm hoch. Udo war klein und korpulent und ein ganz netter Mann, wenn er nicht gerade von seiner Wichtigkeit durchdrungen war. «Nein. Einfach so. Es gibt solche Tage.»

«Vielleicht das trübe Wetter.» Mertens nahm ungefragt eine von Annas Zigaretten und setzte sich auf den Schreibtischrand. «Apropos trübe. Ich habe was läuten hören, daß unser Verleger auch am Kauf der Inter-Verlagsgruppe interessiert ist. Obwohl die Sache 'ne Nummer zu groß für ihn ist. Zwei Komma vier Milliarden soll der letzte große Bissen im Medienmarkt Ost kosten. Ich hab was läuten hören, daß hinter den Kulissen schwer gefightet wird, wer den Zuschlag erhält. Da hängen so viele Interessenten dran, daß wir wohl kaum 'ne Chance haben.»

Kollege Mertens identifizierte sich mit der Zeitung und dem Verlag. Anna fragte lustlos, ob er an der Story dran sei?

«Na klar doch. Schließlich kann es nicht schaden, unserem obersten Dienstherrn die eine oder andere Information zukommen zu lassen, oder?»

«Und wer kriegt den Zuschlag? Weißt du das auch schon?»

Udo Mertens lächelte wissend, während er die Achseln zuckte. «Unser Bundeskanzler favorisiert einen großen Verlag im Süden der Republik. Aber was Genaues weiß man nicht.»

«Kungelmungel», murmelte Anna.

«Wie bitte?»

«Alles, was mit viel Geld oder viel Macht zu tun hat, wird mit Geld oder Macht durchgezogen. Verkungelt. Rechts UND links. Immer von oben nach unten. Nach Art der Bananenrepublik, nur perfekt funktionierend und abgefedert.»

Udo Mertens erhob sich vorsichtig von Annas Schreibtisch. Er war nicht disponiert, auf diesem Niveau zu diskutieren. Nomen est omen, oder was?

«Mir scheint, daß du in diesem System auch ganz gut funktionierst und bequem abgefedert bist, liebe Kollegin.»

Anna wischte einen Fleck von ihrem Schreibtisch, den er gewiß nicht hinterlassen hatte. «Aber ja. Ich bin eine satte, krumme Banane in dem großen Haufen. Sonst noch Fragen?»

Nein. Udo Mertens entfernte sich eilig, nicht vergessend, der jungen und hübschen Volontärin zuzulächeln, die ihm immer so neugierig-kluge Fragen stellte. Das Gefühl von Überlegenheit war der erste Schritt zu Zuneigung. Oder was?

Während Anna rauchte und Konkurrenzblätter las, versuchte Philipp Handke, in einem Gesicht zu lesen, das ihm fremd geworden war.

Auch unter normalen Umständen hätte er es vorgezogen, diese Frau nicht wiederzusehen. Und dieser «Umstand» war keineswegs normal, sondern bedrohlich. Susanne Sawitzki, die vor ihm saß, nachdem er ihr den Pavillon des Rheinauenparks als neutralen Treffpunkt vorgeschlagen hatte. Susanne Sawitzki, die ihn haßerfüllt anstarrte, gerade so, als ob er ihre Existenz gefährden würde – und nicht umgekehrt. Susanne, die ihn nach so langer Zeit angerufen hatte – nicht überraschend. Er hatte es gewußt oder zumindest geahnt, nachdem ihr Name in dieser Bar gefallen war. Hatte darauf gewartet wie auf ein Unheil, das nicht mehr abzuwenden ist. Und jetzt saß sie hier und sah ihn an, als hätte er schuld.

«Du hast doch mit den Leuten wegen meiner Ausreise verhandelt. Hast du dich nicht gewundert, daß es so schnell ging? Du kannst mir doch nicht erzählen, daß du nicht gewußt hast, daß ich für die Stasi gearbeitet habe. Oder warum hast du mich sonst so schnell verlassen, als ich im Westen war?»

Angriff als beste Form der Verteidigung. Philipp sah in den grünen Kinderaugen nichts als alte Vorwürfe. «Es war ein ganz normales Ende einer fast normalen Affäre», erwiderte er leise. Er mußte sich zwingen, leise zu sprechen, weil er sie sonst angeschrien, vielleicht sogar geschlagen hätte. Eine Regung, die er ganz normal fand. So wie den Haß, der wie ein Feuer brannte, das sich nicht mit Worten löschen läßt. Er stand auf, legte einen Zwanzigmarkschein auf den Tisch und ging zur Tür.

Susanne folgte ihm ins Freie. Sie war noch nicht fertig mit ihm. War es nicht seine Schuld, daß Böhm wieder in ihr Leben eingedrungen war? Es war ein grauer Tag, über dem Rheinauenpark hingen Nebelschwaden. Und wenn die Sonne geschienen hätte, Philipp hätte sie nicht wahrgenommen. Nur dies: seinen Haß auf diese Frau.

«Ich habe wirklich geglaubt, daß du ein Rädchen warst, das dieses System gestört hat. Ein unwichtiges Rädchen, das loszuwerden sie keine Probleme hatten. Ich wollte dir wirklich nur helfen, frei zu sein. Was für ein Vollidiot ich doch war.»

Susanne hielt ihren steifen Finger mit der linken Hand umschlossen. Er lügt, dachte sie. Er war es auch, der mir diesen Mann geschickt hat, damals, als ich gerade in Westberlin Fuß gefaßt habe. «Frei sein? Machst du Witze?»

Er drehte sich abrupt zu ihr um und umklammerte ihren

Arm so schmerzhaft, daß Susanne aufschrie. «Ich nehme es verdammt ernst, daß mich jemand so schäbig hinters Licht geführt hat wie du.»

«Laß mich los.» Ihre Stimme klang hysterisch.

Philipps Stimme war leise und klang gefährlich: «Hör mir gut zu, Susanne: Ich lasse mir von dir und von wem auch immer, der dich geschickt hat, mein Leben nicht ruinieren. Wieso sagst du mir jetzt erst die Wahrheit? Warum nicht schon damals, als du über die Grenze kamst? Was steckt dahinter? Was willst du von mir?»

«Du sollst mich loslassen.»

«Ich sollte dich verprügeln. Aber das würde mein Problem auch nicht lösen.» Philipp zog sie mit sich in Richtung des Japanischen Gartens, und Susanne duckte sich unter seinem haßerfüllten Blick, als er stehenblieb und sie mit beiden Händen schüttelte. Die Angst in ihren Augen war berauschend.

«Und jetzt sagst du mir endlich, womit ich dein rührendes Geständnis verdient habe?»

Philipp ließ sie los, als sie zu weinen begann, vor Schmerz oder vor Hilflosigkeit. Eine Waffe, die nur Frauen zu gebrauchen wußten, weil Männer Idioten waren. Er verspürte so unendlich große Lust, ihr weh zu tun. Susanne war die Falle, die ihm das Leben gestellt hatte – und er war reingetappt wie ein dummer Hund.

«Susanne, ich werde es aus dir rausholen, das versprech ich dir. Egal wie, verstehst du?» Brüllend: «Und wenn es uns umbringt!»

Er war so voller Zorn, daß er nicht aufpaßte, als sie einen Satz nach rückwärts machte, sich blitzschnell umdrehte und weglief. Er brauchte ein paar Sekunden, um zu begreifen und ihr nachzulaufen. Sie war viel jünger als er und viel schneller, sie rannte wie um ihr Leben, und die Distanz hatte sich vergrößert, als Philipp abrupt stehenblieb und sich ans Herz griff. Er keuchte und verspürte einen stechenden Schmerz in seiner linken Brustseite. «Scheiße» war ein von Philipp selten gebrauchtes und in dieser Situation inadäquates Wort. Susanne war weg, verschluckt im Grau dieses Tages. Er stand ganz in der Nähe des Parkausgangs und dachte, daß dieser Zeitpunkt zum Sterben nicht übel war.

VIII. Kapitel

«Na, das ist aber eine Überraschung, wa?»

In der Tat, dachte Anna. An mehr zu denken war ihr an einem Sonntagmorgen nicht möglich. Sie sah erst auf die Blondine, dann auf ihre Uhr: 10 Uhr 5. Irgendwie kam ihr die Frau an ihrer Eingangstür bekannt vor. Sie trug einen Blumenstrauß in der rechten und einen Koffer in der linken Hand.

«Ich bin die Ingrid. Ihr habt mich damals mitgenommen, mit dem Auto. Nach Berlin.»

Die Anhalterin. Im Morgenmantel an der offenen Tür zu stehen galt in diesem Wohnhaus als asozial, und unhöflich war sie auch, also bat Anna das Mädchen herein, nahm die Blumen entgegen und watschelte vor ihr ins unaufgeräumte Wohnzimmer. Anna nahm ihre Kleider vom Stuhl.

«Setzen Sie sich doch. Ich bin morgens nicht so gut drauf, es dauert eine Weile.»

«Na klar», sagte Ingrid. «Ich hoffe, ich störe nicht.»

Diese blöden Floskeln, die alles vertrugen, nur nicht eine wahrheitsgemäße Antwort. Anna nahm eine Zigarette, hustete, dachte sofort an Mutter, die stets gemahnt hatte, vor dem Frühstück nicht zu rauchen. «Nein, überhaupt nicht. Haben Sie Lust, mit mir zu frühstücken?»

Ingrid Wells, die im Gegensatz zu Anna sehr ausgeschlafen aussah, nickte und bot sich sofort an zu helfen.

Bloß nicht. «Setzen Sie sich bloß in die Küche, das ist gemütlicher.»

Anna fand eine Blumenvase, den Kaffee, noch ein paar Scheiben Wurst und Käse und im Gefrierfach Brötchen. Ingrid Wells sah ihr zu, wie sie schlafwandlerisch in der Küche hantierte, und machte Bemerkungen wie «Hübsch haben Sie es hier». Vor einem Jahr noch hätte Ingrid angemerkt, daß es dies und jenes «drüben» nicht gab. Das stimmte inzwischen nicht mehr. Das Angebot war in Ordnung. Nur mit der Nachfrage stimmte es nicht mehr.

So erzählte sie, daß sie per Autostopp von Berlin nach Bonn gekommen sei, verschwieg, daß sie schon ein paar Stunden am Bahnhof verbracht hatte, bevor sie es gewagt hatte, bei Anna Marx zu klingeln.

«Gibt es einen besonderen Grund für Ihren Bonn-Trip?» Anna packte den Tisch voll, dachte: Ist eigentlich ganz schön, nicht allein zu frühstücken.

Ingrid rückte das Besteck zurecht. «Ab morgen beginnt ein dreitägiger Kurs in der Zentrale. In Düsseldorf.»

Anna holte schweigend die Brötchen aus der Mikrowelle. Setzte sich Ingrid gegenüber, goß Kaffee ein. «Eine gute Idee, mich bei der Gelegenheit zu besuchen. Wissen Sie schon, wo Sie unterkommen?»

Jetzt habe ich die überflüssige Frage gestellt, dachte Anna, als sie Ingrids verlegenes Gesicht sah. Schweigesekunden. «Wollen Sie bei mir übernachten?»

Ingrid Wells sah Anna mit einem Ausdruck unendlicher Dankbarkeit an. «Ja, wenn es Ihnen nichts ausmacht? Ich hab nicht viel Geld, aber ich könnte auch...»

«Quatsch.» Die gute Tat am Sonntag morgen, dachte Anna. Deutsch-deutsche Vereinigung für späte Pfadfinder. «Nehmen Sie von der Marmelade. Die hat meine Mutter gemacht.»

Da war er wieder, der Schmerz, kurz und intensiv. Von ihrem Ärger über Philipp verlagert, hatte sie ihn eine Weile verdrängt. «Lebt Ihre Mutter noch, Ingrid?»

«Ja, wollen wir uns denn nicht duzen?» Ingrid strich sich dick Marmelade aufs Brötchen, ignorierte Annas zurückhaltende Miene. «Ja. Sie ist in Leipzig. Aber irgendwie hat sie das alles nicht so richtig verkraftet, ich meine die Wende und so. Sie ist einfach zu alt für das Neue. Ich meine, es macht ihr angst – und über die Preise meckert sie auch ständig.» Bei einer Rente von fünfhundertdreißig Mark kein Wunder, dachte Ingrid. Aber sie wollte nicht irgendwie vorwurfsvoll klingen, weil sie wußte, daß die Wessis da empfindlich waren. Seit sie in Kreuzberg wohnte, wußte Ingrid schließlich auch, daß diejenigen, die hatten, beim Wort «teilen» ganz hektische Flecken kriegten. Wer nichts hatte, hatte gut reden. Ingrid zählte sich jetzt noch zu letzteren, aber sie war davon überzeugt, daß sie den Sprung schaffen würde. Sie war jung und anpassungsfähig. Und das, was sie in dem Kursus über den «Erfolgsmenschen im kapitalistischen System» lernte, das sog sie auf wie ein Schwamm. Kritiklos, wie ihre Freunde in Kreuzberg sagten. Aber so wie die lebten, in der engen Wohnung, nie Geld da, die konnten das gar nicht beurteilen, wie das war, ein Erfolgsmensch zu sein.

Für Ingrid Wells war Anna Marx ein Erfolgsmensch, Visitenkarte, Wohnung und so. Und nett schien sie auch, obwohl sie sie bestimmt geweckt hatte. «Wohnt dein Freund nicht bei dir?» fragte sie jetzt.

«Nein. Und du? Hast du keinen?»

Ingrid warf die blonden, halblangen Haare zurück.

«Nee. Zur Zeit konzentriere ich mich aufs Lernen. Ich war schon verheiratet. Aber Erich und ich, wir haben uns scheiden lassen, kurz bevor die Mauer fiel. Ich war ihm zu blöd. Das hat er mir zu oft gesagt, und ich hab ihn verlassen. Ganz einfach. Der Erich hat sich für was Besseres gehalten.»

Blöd ist sie nicht, dachte Anna. Jung und naiv, und wahrscheinlich wird sie mit ihrem Anlageberatungsverein auf die Schnauze fliegen. «Was hat dein Mann denn gemacht?»

Ingrid goß sich den letzten Kaffee ein. «Erich? Der war irgendwas bei der Stasi. Die sind sich ja alle vorgekommen wie die Weltmeister.»

Ah, ja. Anna, die bei dem Wort «Stasi» zusammengezuckt war, schalt sich eine dumme Gans. Sechzehn Millionen Opfer wären überhaupt nicht zu verkraften gewesen. Es war so schon schlimm genug. Beiläufig: «Hat dir das nichts ausgemacht?»

«Nee. Ich hab ja kaum was davon bemerkt, außer daß der Erich bessere Beziehungen hatte als die meisten anderen Leute. Er hat auch nichts Besonderes gemacht, irgendwas mit Außenhandel, nichts wirklich Schlimmes, will ich sagen. Aber als es losging, als wir schon längst auseinander waren, da sind die Leute, die vorher so freundlich zu mir waren, ganz schön fies geworden. Also wollte ich weg, neu anfangen – am besten in Berlin. Was der Erich jetzt macht, weiß ich gar nicht. Wahrscheinlich ist er auf die Füße gefallen. Er war so ein Typ. Soll ich abwaschen?»

Der Themenwechsel bewahrte Anna davor, Ingrids Ausführungen etwas Selbstgerechtes entgegenzusetzen. Etwas wie: War nicht alles an der Stasi schlimm? Durften die Nicht-in-Versuchung-Geführten sich so leicht moralisch entrüsten? Ein ganz klein bißchen bereute Anna ihre spontane Einladung. Sie wies auf die Spülmaschine, sagte:

«Ich räume schnell ab, dann zeige ich dir die Wohnung und geb dir einen Schlüssel. Ich bin am Nachmittag bei Freunden eingeladen und...»

«Ich seh mir inzwischen die Stadt an. Kein Problem.»

Ingrid war taktvoll und las Zeitschriften, während Anna in der Badewanne lag. Anna schämte sich, als sie ihren Schmuck versteckte, aber schließlich hatte sie eine wildfremde Person in die Wohnung gelassen. Anna vermied es, auf die Waage zu steigen, an ihre Mutter oder an Philipp zu denken, während sie sich anzog.

Ingrid bewunderte den Computer auf Annas Schreibtisch, die Stereoanlage, das Videogerät und den futuristischen Fernsehapparat. Anna – warum eigentlich beschämt? – sagte: «Für diesen Mist habe ich mein Konto überzogen», aber das beeindruckte Ingrid ganz und gar nicht. Sie hatte ihren Koffer ausgepackt und sich in Annas Büro, das auch als Gästezimmer diente, wollüstig niedergelassen.

«Ich lade dich heute abend zum Italiener ein», sagte Anna, bevor sie die Wohnung verließ. Den Hausschlüssel hatte sie auf Ingrids Handtasche gelegt. Ein leichtes Unbehagen ließ sich mit dem Gefühl, Gutes zu tun, auffangen.

«Toll.» Ingrid hörte das Schloß zuschnappen und wenig später das Telefon klingeln. Jetzt wußte sie nicht, ob sie rangehen sollte...? Annas Stimme auf dem Anrufbeantworter erklang: «Die Marx ist weg. Wenn Sie etwas von ihr wollen, sprechen Sie bitte nach dem Signalton.»

Ingrid kicherte. Sie hörte ein Rauschen, aber keine Stimme nach dem Signalton. Sie ging ins Badezimmer, um sich für ihren Bonn-Rundgang feinzumachen, und beherrschte sich, keine der vielen Fläschchen und Döschen anzurühren, die im Badezimmer ihrer Gastgeberin herumstanden.

Verschwenderisch. Aber sie war nicht angetreten zu kritisieren, sondern um nachzuahmen.

Die erste Reaktion beim Anblick ihres Ex-Mannes war Freude. So als würde man in der Fremde etwas Vertrautem begegnen. Ingrid stand auf dem Bahnhof und studierte den Fahrplan, als Erich ihr von hinten auf die Schulter tippte…

«Na so ein Zufall», sagte Ingrid, und Erich grinste. «Wat machste ausgerechnet in Bonn?» Ihr Ex sah nicht so aus, als hätte die Wende ihn niedergemacht, ganz im Gegenteil: ein schnieker Anzug und die blauen Augen noch mit demselben Selbstvertrauen; das breite Grinsen; nur die braunen Haare trug er was länger.

«Geschäftlich», murmelte Erich, als er sie auf beide Wangen küßte. «Und du? Immer noch in Leipzig? Oder Berlin? Oder bist du nach Bonn umgezogen?»

Ein älterer Mann beschwerte sich, daß die beiden ihm die Sicht auf den Fahrplan verwehrten, und schuldbewußt wich Ingrid zur Seite, zog Erich am Ärmel, der gleich aggressiv werden wollte. «Laß doch, wir können ja irgendwo einen trinken.»

«Die gehen mir manchmal ganz schön auf den Nerv», sagte Erich, als sie im Bahnhofscafé an der Theke standen, bevor Ingrid ihm erzählte, was sie in den eineinhalb Jahren seit ihrer Trennung erlebt hatte.

«Auf den Kapitalismus», sagte Erich, als er ihr zuprostete, ein bißchen spöttisch, aber das konnte sich auch auf Ingrids Zukunftseuphorie beziehen.

«Und du? Hattest du keine Schwierigkeiten?»

Erich Wells lächelte seine Ex-Frau überheblich an. Sie war eben ein Typ, der nie das Ganze kapierte, sondern vom Leben nur die Scheibchen abschnitt, die sie einordnen und nutzen konnte. War ja nicht unsympathisch: Ingrid war eine, die sich auf ihre Art nicht unterbuttern ließ. Und hübsch war sie immer noch und auf jeden Fall nicht so arrogant wie die meisten Wessi-Weiber. «Nee, Ingrid, ich doch nicht. Ich arbeite jetzt für ein großes Tier in Düsseldorf, zusammen mit ein paar alten Kameraden. Ost-West-Geschäfte, verstehst du? Die brauchen uns doch für da drüben, die *connections*, verstehst du?»

Na klar, dachte Ingrid. Sie war nicht so blöd, wie Erich dachte. Die schmierten die Genossen, die noch am Hebel saßen. Lief eben alles so wie immer, nur nicht mit politischem Druck, sondern mit Geld. Und Erich, der gehörte eben zu den Absahnern. «Verdienst du viel Geld?»

Vorsicht, dachte Erich Wells. Mit den neuen Gesetzen, da kannte er sich nicht so gut aus, wer wußte schon, welche Ansprüche Ex-Frauen stellen konnten. «Es langt so», gab er zur Antwort und bestellte noch zwei Bier, sozusagen als Entschädigung. Ingrid sah jetzt ein wenig enttäuscht aus.

«Weißt du, mein Chef, der verdient sich eine goldene Nase. Ich wette mit dir, daß in ein paar Jahren die halbe DDR Leuten wie dem gehört. Kapital, die richtigen Beziehungen und Risikobereitschaft: Damit macht man in diesen Zeiten Kohle.» Er hatte Ingrids ganze Aufmerksamkeit, ach, es tat gut, wieder von ihr bewundert zu werden nach all der Zeit.

Ingrid Wells wischte sich den Bierschaum vom Mund. Leise: «Meine Leute in Leipzig kapieren das nicht, Erich. Vater ist gefeuert worden – und weißt du, warum? Die Genossen Direktoren haben die Fabrik von der Treuhand gekauft für 'nen Appel und 'n Ei – und dann haben sie nach ein paar Wochen zugemacht und den Grundbesitz verscheuert – an einen wie deinen Boss wahrscheinlich. Mein Onkel geht auch stempeln. Die kapieren das nicht.»

«Das tut mir leid», sagte Erich, aber er meinte es nicht

so. In dem neuen System mußte es Dumme und Kluge geben, sonst funktionierte die Chose nicht. «In ein, zwei Jahren sieht das alles anders aus, glaub mir, ist nur 'ne Durststrecke.»

Vater trinkt zuviel, dachte Ingrid. «Du redest wie der Kohl. Vater würde ausrasten, wenn du ihm mit so was kommst.» Demütig: «Kannst du ihm nicht was besorgen – ich meine, mit all deinen Beziehungen?»

Erich Wells verlangte die Rechnung. Hätte er sich doch denken können, daß Ingrid wieder was von ihm wollte. Als ob sich die Zeiten nicht geändert hätten – und die eigenen Sorgen nicht im Vordergrund stünden. «Mal sehen, was sich machen läßt», wiegelte er ihr Ansinnen ab. Er dachte an Böhms Unverständnis, wenn er ihm mit so was käme. Und er dachte an das laufende Projekt, das ihm Bauchschmerzen machte. Es war eben doch was anderes, drüben mitzumischen, wo man sich auskannte und keine Fehler machte. Hier in Bonn fühlte er sich unsicher, und die Affäre Handke, wie Harrenberg sie nannte, war bestimmt ein krummes Ding. Erich Wells wußte, daß Böhm bei Harrenberg eingestiegen war, weil er Akten über Wessis mitgebracht hatte. Sie lagen in Harrenbergs Safe, um gewinnbringend eingesetzt zu werden. Und das war nichts anderes als Erpressung. Was Illegales in diesem Staat, so gut kannte er die Gesetze auch. Das war früher eben anders gewesen, da agierte man im Namen des Staates, auch wenn es mal nicht so astrein war. Aber jetzt? Wenn was schiefgeht, dachte Erich Wells, dann sind wir dran – nicht Rolf Harrenberg. Und irgendwie hatte er das dumme Gefühl, daß etwas schiefgehen würde.

«Ist was?» Ingrid hatte ihre Lippen nachgezogen und schürzte sie jetzt in einer Art schmollendem Vorwurf.

«Ach, nichts. Soll ich dich zum Essen einladen?»

An ihrem strahlenden Gesicht sah er, daß Ingrid immer

noch gern mit ihm zusammen war. Eines war sie bestimmt nicht: nachtragend. Und es war gar nicht übel, von einer Frau, die man wenigstens gut kannte, von den neuen Sorgen abgelenkt zu werden.

IX. Kapitel

Seine Sekretärin hatte ihm einen Zettel hingelegt, daß «eine Frau Marx» schon zweimal angerufen habe. Frau Behringer mißbilligte diese Anrufe respektive die Anruferin und drückte dies durch schriftliche oder mündliche Formulierungen aus, bei letzterem noch durch Betonung verstärkt. Jetzt erinnerte sie ihn an den Arzttermin am Nachmittag und an die Sitzung des Medienausschusses um 18 Uhr.

Frau Behringer fand, daß Dr. Handke entsetzlich aussah und dringend der Erholung bedurfte – vom Bonner Rummel und dieser Person. Als er ihr die Unterschriftenmappe gab und um Verschiebung des Arzttermins «auf nächste Woche oder so» bat, unterdrückte Frau Behringer mit aller Kraft die Versuchung, ihm eine mütterliche Standpauke zu halten. Der Mann war am Ende seiner Kräfte, das sah doch ein Blinder. Und sie hatte wirklich keine Neigung, sich an einen neuen Chef zu gewöhnen. Ein Chef, das war wie ein Ehemann: Wenn man sich einmal zusammengerauft hatte, war die Routine von beruhigender Gleichförmigkeit.

«Ich fahre anschließend weg und bin so gegen 17 Uhr zurück, Frau Behringer. Legen Sie mir die Unterlagen für den Ausschuß auf den Schreibtisch, ich will sie vor der Sitzung noch durchgehen.»

Bestimmt zu dieser Person, dachte sie, immer noch unentschieden, ob sie die Verschiebung des Arzttermins kommentieren sollte.

Wenn Frau Behringer ihre Lippen so zusammenkniff, nahm Philipp Handke sich normalerweise Zeit für ein kurzes Gespräch. Aber normal war nichts mehr in seinem Leben. «Ist noch was, Frau Behringer?»

So gut kannte sie ihn ja. Das war keine Frage, sondern ein Hinauswurf. Sie drehte sich schweigend um, schloß anklagend die Tür und dachte, jetzt fährt er bestimmt zu dieser Frau Marx. Der Himmel mochte wissen, was ein Mann wie Dr. Handke an dieser Person fand.

Frau Behringer irrte. Philipp Handke wählte Annas Nummer, erst privat und dann in der Redaktion, und hörte nur Annas Konservenstimme, was ihn der Qual enthob, Annas Vorwürfe mit Lügen zu beantworten. Dann schaltete er sein Telefon auf den Apparat seiner Sekretärin um und verließ das Büro. Er ging zu Fuß in das Johanniterviertel, zum Haus Walter Fuhrmanns, das unweit der Österreichischen Residenz hinter üppigen Rosensträuchern verborgen lag. Ein schönes altes Haus, das gut zu seinem Besitzer paßt, dachte Philipp: gediegen, zuverlässig und freundlich. Walter Fuhrmann war einer seiner wenigen Freunde. Man mußte sich nicht ständig sehen, um dies zu untermauern. Das Fundament war schon vor Jahren gelegt worden, als Walter den damals jungen Philipp Handke in das politische Geschäft einwies: gegenseitige Wertschätzung, basierend auf einem gewissen Gleichklang von Gefühlen und Prinzipien. Philipp war anfangs in der schlechteren Position gewesen, weil er Walter brauchte und nicht umgekehrt. Aber so wenig, wie ihn Walter Fuhrmann dies spüren ließ, so gering war der Eigennutz als Element ihrer Beziehung geblieben. Es gab solche Freundschaften, sogar in Bonn. Und Walter, der kurz vor der Pensionierung stand, war auch ein Freund in schlechten Zeiten. Und – wie passend in seiner jetzigen Lage: Walter war einer der obersten Gralshüter des Verfassungsschutzes.

Walter öffnete selbst die Tür. Seit seine Frau gestorben war, waltete zwar eine Haushälterin über sein privates Wohl, doch er hatte sie offenbar weggeschickt – voraussehend und klug, wie er war.

«Schön, daß wir uns mal wieder in Ruhe unterhalten können», sagte er nach der formellen Begrüßung und ging voraus in sein Arbeitszimmer, das nur aus Büchern zu bestehen schien – und gemütlichen Sesseln und einem riesigen Schreibtisch, auf dem ein Schachspiel stand.

Philipp brachte es fertig zu lächeln: Er hatte Walter noch nie anders als im Anzug gesehen, selbst zu Hause oder bei einem Spaziergang. Kein weißes Haar, das irgendwie aus der Rolle gefallen wäre. Walter war ein Mensch, der seine geistige Ordnung mit perfektem Äußeren unterstrich.

«Ich nehme an, fürs Schachspielen bleibt keine Zeit. Aber ein guter Bordeaux kann nicht schaden, wenn wir ernst miteinander reden müssen.» Walter hatte den Wein schon dekantiert, schenkte ein, setzte sich Philipp gegenüber. «Du siehst angegriffen aus. Erzähl.»

Philipp Handke kostete von dem zweiundsieziger Château Petrus, nickte anerkennend und dachte, den hat er aus dem Keller geholt, um mir wenigstens eine Streicheleinheit zu geben. Es fiel ihm schwer, die Geschichte zu beginnen, von der er wußte, daß das Ende nur schrecklich sein konnte. Walters helle, von roten Äderchen durchzogene Augen sahen ihn aufmerksam, aber nicht drängend an. Es ist das erste Mal, dachte Philipp, daß ich ihn wirklich brauche.

«Kannst du dich an Susanne Sawitzki erinnern, Walter?»

Walter Fuhrmann schloß für einen Moment die Augen, öffnete sie wieder: «Diese Studentin aus Ostberlin, die du damals kennengelernt hast?»

Philipp nickte. Walter wußte von den nächsten Schritten.

«Du hast ihr geholfen rüberzukommen. Gegen meinen Rat, wenn ich mich recht entsinne.»

Philipp zündete sich eine von Walters Zigarren an. «Wirst du im Alter rechthaberisch? Ich habe ein paar Beziehungen genutzt, und weil sie nur eine kleine Nummer in dieser Oppositionellengruppe war, hat man sie ohne große Verzögerungen ziehen lassen. Ich habe ihr dann noch bei der Wohnungssuche in Westberlin geholfen – und das war soweit das Ende der Affäre Susanne Sawitzki.»

Walter lächelte nur über den ersten Satz. «Und nun ist Susanne Sawitzki wieder aufgetaucht.» Nicht schwer, das zu erraten.

Ich wünschte, sie wäre tot. Der Gedanke war beunruhigend. Er schwemmte etwas nach oben, das Philipp von sich noch nicht kannte. «In der Tat. Sie hat mich nach der langen Funkstille angerufen und ist sogar nach Bonn gekommen. Sie hat mir eröffnet, daß sie keineswegs Oppositionelle, sondern Stasi-Spitzel war. Mit anderen Worten: Ich habe mitgeholfen, eine Spionin in den Westen zu bringen.»

Der letzte Satz klang sehr dramatisch. Er muß völlig durcheinander sein, dachte Walter, wenn er so gefühlsbetont redet. Er schwieg und schenkte nach.

«Ich kann nicht beweisen, daß ich das damals nicht wußte. Und das Argument der Verliebtheit ist so dumm, daß es mir keiner abnehmen wird.»

Das stimmt, dachte Walter. «Sie war keine Mata Hari, Philipp. Sie hat über ihren Mann, der beim Innensenator beschäftigt war, ein paar Informationen an ihren Führungsoffizier Lutz Böhm weitergegeben. Bis ihr Mann starb, dann wurde sie wegen Unwichtigkeit sozusagen eingestellt. Seither ist sie mit einem Gastronomen liiert, für den sie auch arbeitet.»

Er hatte nicht gewußt, daß sie verheiratet war. Unwichtig. Etwas anderes beunruhigte ihn: Walters Wissen um Susanne Sawitzki. Er hat nie mit mir darüber gesprochen, dachte Philipp. Der Freund, dem ich von Susanne erzählt hatte; der Verfassungsschützer, der sie überprüfen ließ... Er war verletzt, und das war ihm anzumerken. «Im Gegensatz zu mir hast du also gewußt, daß sie eine... Spionin... war.»

Welch ein großes Wort für eine dumme Gans. Walter lächelte in das düstere Gesicht seines Freundes. «Ich sah keinen Grund, dich zu beunruhigen, solange wir die Situation unter Kontrolle hatten. Du kommst dir jetzt vor wie der letzte Idiot – das wollte ich dir ersparen, Philipp.»

Philipp ersparte sich zu fragen, ob Walter es schon vorher gewußt hatte – bevor er Susanne in den Westen geholt hatte. Nein, dann hätte er ihn vorher gewarnt. Bestimmt hätte er das getan.

Walter war manchmal gut im Gedankenlesen: «Wir haben die üblichen Überprüfungen vorgenommen, als sie in Westberlin war. Zunächst mit Zero-Ergebnis, aber als wir sie fast abgehakt hatten, wurde sie bei einem Treffen mit Lutz Böhm observiert. Der Rest ist Routine, der wird dich nicht interessieren. Lutz Böhm ist übrigens nach der Wende bei einem Düsseldorfer Finanzhai eingestiegen: Ost-West-Geschäfte der lukrativen Art. Du kennst das ja.»

Die Karaffe war halb leer, und Walter stand auf, um aus der Küche Käse und Brot zu holen. Philipp dachte an die vielen Abende, die er mit Walter verbracht hatte: Schach spielend, Wein trinkend, manchmal in schweigsamer

Ruhe und manchmal gefüllt mit Gesprächen über die Dinge des Lebens. Sie hatten wenig über Politik gesprochen oder über Walters Arbeit, das fiel ihm jetzt auf. Und daß die Abende mit seinem Freund selten geworden waren, seit er Anna kannte. Walter hatte sich nie beklagt.

«Habt ihr nie erwogen, Susanne oder Lutz Böhm festzunehmen?»

Walter spießte ein Stück Schweizer Käse auf, kaute langsam und ließ dann den Wein auf der Zunge zergehen. «Es wurde diskutiert, doch es schien keine Eile geboten. Und jetzt... ich meine, diese ganze Spionagechose hat seit der Vereinigung einen merkwürdigen Beigeschmack bekommen. Dieselbe Sache, aber unsere sind die Guten, die befördert werden – und die sind die Bösen, die wir einsperren müßten. Logisch war das bestenfalls, solange es Feindbilder gab. Aber jetzt, das brauche ich dir nicht zu sagen, gibt es auch rechtliche Probleme. Die Haager Konvention...»

«Ich weiß.» Philipp dachte, daß Walter es geschafft hatte, Distanz zu bewahren, Abgeklärtheit von Zynismus zu trennen. Man mochte es Weisheit nennen – oder auch nur die Bescheidung auf wenige Erkenntnisse und Wohltaten des Lebens.

«Willst du mir nicht endlich sagen, was sie von dir will?» Walter hatte seine Brille aufgesetzt und starrte Philipp fragend an.

«Sie hat es mir nicht gesagt. Sie ist weggelaufen.» Philipps Augen verloren sich in dem Weinglas. Dunkles, samtiges Rot – wie Blut. «Und dann bekam ich einen anonymen Anruf: Ein Freund von Susanne, wie der Mann sagte. Und daß er kein Interesse habe, meine Geschichte als Fluchthelfer einer Spionin an eine Zeitung weiterzugeben. Unter einer Bedingung: Daß ich meinen Einfluß geltend mache, damit seine Interessenten den Zuschlag für die Inter-Verlagsgruppe bekommen.»

Walter sagte kein Wort. Philipp suchte seine Augen: «Eine nette, klare Erpressung. Wenn die Sache in die Zeitung kommt, bin ich erledigt. Sie werden mich entweder als Spion darstellen oder als lächerlichen Tropf, der einer Agentin aufgesessen ist – oder beides.»

Absolut richtig, dachte Walter. «War der Anrufer aus dem Osten?»

«Kein hörbarer Akzent. Er hat mir nicht gesagt, wer seine Interessenten sind. Er will mich morgen um 11 Uhr im Büro anrufen und ein Treffen vereinbaren.»

Walter sah ihn mitleidig an, und das war schwer zu ertragen. So schwer wie die Tatsache, daß sein wohlgeplantes Leben, alles, was er sich an inneren und äußeren Werten aufgebaut hatte, ins Nichts abgestürzt war.

«Der Mann muß über deine Funktionen und deinen Einfluß ziemlich genau Bescheid wissen», sagte Walter jetzt. «Er muß also die Bonner Szene gut kennen. Wieviel potentielle Käufer gibt es für dieses begehrte Objekt?»

«Interessenten gibt es viele. Zwei Direktbewerbungen der größten Verlagsgruppen und drei Anfragen über Consultingfirmen, vermutlich im Auftrag ausländischer Kunden. Hast du nicht gesagt, daß dieser... Lutz Böhm... bei einer Düsseldorfer Consultingfirma eingestiegen ist?»

Jetzt hat er's. Walter grinste konspirativ und leerte den Inhalt der Karaffe in die beiden Gläser. «Den Namen müßte ich checken lassen.»

Philipp war elektrisiert. «Interconsulting in Düsseldorf. Gehört einem gewissen Rolf Harrenberg, ein Senkrechtstarter in der Branche. Agiert angeblich für eine australische Verlagsgruppe, aber wir haben das nicht überprüft, weil er als ernsthafter Bewerber kaum in Frage kommt. Man favorisiert einen politisch nahestehenden Medienkonzern. Interconsulting hat übrigens das Höchstgebot eingereicht, aber...»

...In sensiblen Bereichen gibt es eben noch andere Erwägungen als den schnöden Mammon. Walter lächelte traurig in sein Glas, das beinahe leer war: die vorletzte Flasche des zweiundsiebziger Petrus und das Wissen um Vergänglichkeit. «Nun wissen wir also, wer hinter Susanne Sawitzki steht. Viel ist es nicht, das hätte er dir ohnehin offenbaren müssen. Lediglich das Verbindungsglied Lutz Böhm ist ein Wissensvorsprung. Hast du schon in Erwägung gezogen, der Erpressung nachzugeben? Ich meine, wäre es überhaupt durchsetzbar?»

Susanne. Lutz Böhm. Rolf Harrenberg: Namen, die sich einbrannten. Einer Gefahr, die man einschätzen konnte, ließ sich leichter begegnen. Einer von Annas Sprüchen, vermutlich ein Erbstück ihrer Mutter. Philipp brauchte ein paar Sekunden, um Walters Frage wirken zu lassen und die richtige Antwort zu finden: «Natürlich habe ich darüber nachgedacht. Wenn ich alles in die Waagsschale werfe, könnte ich es vermutlich durchsetzen. Aber was gewinne ich dadurch? Eine Atempause bis zur nächsten Erpressung? Ich kann mich ja nicht gut ins Archiv versetzen lassen, um vor weiteren Attacken sicher zu sein.»

Keine Frage der Moral, sondern der praktischen Vernunft, dachte Walter. Alles in dic Waagschalc werfen: Das bedeutete für Philipp, sein Wissen zu nutzen, um Entscheidungsträger zu manipulieren. Es bedeutete weiter, sich in die Hand Dritter zu begeben, denen man Zugeständnisse machen mußte. Und im Hintergrund Rolf Harrenberg, der bestimmt zu gierig war, um es bei einer Erpressung zu belassen. Er sah, daß Philipp Schweißperlen auf der Stirn hatte, obwohl es kühl im Zimmer war. «Ist dir nicht gut? Soll ich dir ein Glas Wasser bringen?» Sein Freund war nie krank. Nie unbeherrscht. So kannte er ihn nicht, und die Veränderung machte ihm Sorgen.

Philipp winkte ab. «Nichts als Streß. Das geht vorüber. Was würdest du an meiner Stelle tun, Walter?»

Walter legte alle Wärme in seine Stimme, deren er fähig war: «In erster Linie sollst du dich von dieser Sache nicht kaputtmachen lassen. Betrachte sie als Schachspieler: Du bist in einer schlechten Position, aber du bist ein verdammt guter Spieler, und die Partie ist noch lange nicht verloren. Halte deinen Gegner hin, betone die Schwierigkeit dieses Unterfangens – und versuche, die Entscheidung über die Inter-Verlagsgruppe so lange wie möglich hinauszuzögern. Die Zeit werde ich nutzen, um die Sawitzki-Böhm-Harrenberg-Connection auszuloten. Vielleicht läßt sich über die Böhm-Schiene etwas erreichen, der Mann ist ja kein unbeflecktes Blatt. Über den gibt es eine Akte. Und möglicherweise kommen wir über ihn an Harrenberg ran. Ich werde sehen, was sich machen läßt. Wir brauchen etwas Zeit, Philipp.»

«Und Susanne?»

Ein geringschätziges Lächeln auf Walters Gesicht. «Sie ist doch nur ein Bauer in diesem Spiel. Vergiß es.»

Philipp dachte an ihr vorletztes Spiel, das durch einen Bauern entschieden wurde. Aber Walters Worte und seine Zuversicht zeigten Wirkung. Das Stechen in seiner Brustseite hatte aufgehört. Er brachte ein Lächeln zustande: «Du hast immer dazu geneigt, Frauen zu unterschätzen. Susanne kam mir vor wie ein in die Enge getriebenes Tier. Sie hat Angst. Und so, wie ich sie in Erinnerung habe, hat sie in Angstsituationen immer falsch reagiert. Weißt du, es macht mich krank, von anderen Menschen abhängig zu sein – von Leuten wie Susanne oder diesem Harrenberg.»

Manchmal ließen sich dumme Phrasen nicht vermeiden. «Mach dir keine Sorgen», sagte Walter. «Und tue nichts Unüberlegtes. Versprich mir, daß du deine nächsten Schritte mit mir abstimmst.»

Wußte Philipp, daß er schweigend log, als er jetzt nickte?

«Ach ja, noch etwas Wichtiges: Du bist doch immer noch mit dieser Frau liiert...?»

«Anna.»

Walters Tonfall war unverändert. «Anna Marx, die Journalistin. Weiß sie von der Sache?» Als Philipp den Kopf schüttelte, war Walter spürbar erleichtert. «Das ist gut. Es liegt mir fern, mich in deine persönlichen Angelegenheiten zu mischen, aber du solltest sie damit nicht belasten. Und mich nach Möglichkeit raushalten. Wie du weißt, ziehe ich es vor, im stillen zu wirken.»

Walter hatte sich in bezug auf Anna immer neutral verhalten, tatsächlich hatte Philipp keine Ahnung, wie er zu ihr stand. Das war noch etwas, das er an ihm schätzte: Walter mischte sich – privat – nur in anderer Leute Angelegenheiten, wenn er gefragt wurde. Philipp sah auf seine Uhr. «Der Wein war vorzüglich. Und deine Ratschläge auch, also werde ich sie befolgen.»

Vieles, das nicht ausgesprochen werden mußte, weil sie einander verstanden. Walter stand sofort auf. «Das freut mich. Ich werde jetzt einiges telefonisch in die Wege leiten und morgen im Büro sein.»

«Kann ich dich dort erreichen?» Philipp ging nach ihm zur Tür, registrierte, daß Walters Rücken schon etwas gebeugt war. Dachte zum erstenmal daran, daß er diesen Freund verlieren könnte, und es schmerzte.

«Es ist besser, daß ich dich abends zu Hause anrufe. Du weißt schon.» Walter lächelte, weil er es lange aufgegeben hatte, sich über die lächerlichen Aspekte seines Berufs zu erregen.

«Danke», sagte Philipp, als ihm die Tür geöffnet wurde. «Was immer geschehen wird – du hast mir schon geholfen.»

Er drehte sich nicht mehr um und konnte nicht sehen, daß Walter ihm nachstarrte und erst nach einer Weile die Tür schloß. Philipp ging mit gesenktem Kopf in Richtung Bundeshaus, die Villen hätten rings um ihn einstürzen können, und er hätte es kaum bemerkt. Er dachte an das Gespräch, an Susanne und ihre Rolle in dem gefährlichen Spiel. Sie war kein Bauer, wie Walter sagte. Die Dame war eine reale Bedrohung, und er mußte einfach wissen, in welcher Position sie stand. Also mußte er nach Berlin fliegen, am besten noch an diesem Abend.

Frau Behringer kochte Kaffee, als er ins Büro kam. Er nahm eine Tasse und die Liste mit Anrufern. «Sie sollten den Arztbesuch nicht hinausschieben», sagte Frau Behringer vorwurfsvoll.

«Und Sie sollten sich nicht in meine Privatangelegenheiten mischen.»

Philipp knallte die Tür hinter sich zu. Instinktiv hatte er sich dafür entschieden, den Berlin-Flug selbst zu buchen.

X. Kapitel

Wenn ein Mann eine Frau wirklich kennt, interessiert sie ihn nicht mehr.

Anna las den Spruch ein zweites Mal. Dachte: Wenn es etwas ist, das jeder weiß, dann stimmt es garantiert nicht. Anna saß an ihrem Schreibtisch vor einem Stapel Zeitungen und Zeitschriften. Die Konkurrenz schläft nicht, wie der Chefredakteur wiederholt zu sagen pflegte. Anna war sehr schläfrig, eine Abwehrreaktion des Körpers gegen zuviel Nachdenken, zuviel Wein, zu viele Zigaretten. Das Übliche.

Der Spruch stammte von einem Hollywood-Schauspieler. Das hier war Bonn, nicht Hollywood. Die Politiker sagen selten etwas Aufrichtiges über Frauen, dachte Anna. Was unter anderem damit zu tun haben mußte, daß sie keine Zeit für Frauen hatten. Oder zum Nachdenken. Sechzehn Stunden am Tag damit beschäftigt, sich gegen Journalisten zu wehren, gegen Feindbilder und gegen Feinde in den eigenen Reihen. Gegen den Feind in sich selbst, die vielfältigen Versuchungen der Macht und Eitelkeit.

Arme Politiker. Irgendwann wurden sie von ihren Phrasen eingeholt. Und von der Selbstgerechtigkeit eines Menschen, der ja immer recht haben mußte.

Arme Anna, die den Kopf in beide Hände gestützt hatte und Zeitungen las, schläfrig und verdrossen. Die Kollegen standen in Grüppchen zusammen, wie nach jeder Redaktionskonferenz. Das, was man sich vor dem Chefredakteur nicht zu sagen getraute, wurde jetzt durchgehechelt. Gruber hatte verkündet, daß eine Kollegin aus dem Osten eingestellt würde. Nun raunte man etwas von doppelter Quotenregelung: Frauen und Ossis, das ging ein bißchen zu weit, bei aller Toleranz.

Anna blätterte in Zeitungen, hörte mit einem Ohr auf das Raunen der Feiglinge. Kollege Mertens sprach sie an und fragte nach ihrer Meinung. Anna hatte gerade an Ingrid Wells gedacht, die morgen – Gott sei Dank – wieder abreisen würde.

«Ist mir egal», gab Anna zur Antwort. Udo Mertens schnaufte angewidert ob dieser Indifferenz.

«Haben Sie keine Angst, daß jemand mal an ihrem Stuhl sägt, Frau Marx?»

«Nein.» Eine klare Lüge. Wußte der etwas, was sie

nicht wußte? Anna schlug die *Berliner Zeitung* auf. «Ihr Kommentar zum § 218 war übrigens sehr ausgewogen, Kollege Mertens. Winkt eine nette Journalistenreise aus dem Zirkel der *hardliner*?»

Sie war ein Stinktier. Udo Mertens setzte zum wütenden Protest an, als die Marx plötzlich aufschrie und mit dem Finger auf eine Zeile zeigte. Sie hörte seiner Suada überhaupt nicht zu, las irgendwas aus dem Lokalteil und schien ihn vergessen zu haben.

«Wer im Glashaus sitzt, sollte nicht mit Steinen werfen», meinte er abschließend. Ungehört. Unerhört!

«Susanne Sawitzki», murmelte Anna, während Udo Mertens sich zum nächsten Schreibtisch begab. Sie las die Meldung noch einmal:

Selbstmord oder Unfall? Die dreiunddreißigjährige Susanne Sawitzki stürzte gestern abend aus ihrer Wohnung im fünften Stock eines Wohnhauses in Berlin-Zentrum. Der sofort herbeigerufene Notarzt konnte nur noch den Tod der jungen Frau, die alleine lebte, feststellen. Die polizeilichen Untersuchungen sind noch nicht abgeschlossen.

Die Meldung war miserabel formuliert. Aber das war es nicht, was Anna beunruhigte. Der Name war es. Sie konnte sich genau erinnern, daß der Typ in Leipzig Philipp nach einer Susanne Sawitzki gefragt hatte. Und daß Philipp so merkwürdig reagiert hatte. Und seither, ja genau: Seither wich er ihr aus. Seit jenem Abend in der *Postkutsche* in Leipzig. Sie hatte gedacht, daß es vielleicht ihr Gespräch bei der Rückfahrt war, der Versuch einer Umklammerung mit untauglichen Mitteln. Wer zum Teufel war Susanne Sawitzki? Und was hatte sie mit Philipp zu tun?

Das war ein Grund, ihn anzurufen, obwohl sie sich so fest vorgenommen hatte, es nicht zu tun. Anna wählte seine Geheimnummer im Büro und ließ lange klingeln. Welche Enttäuschung, als sie die Stimme seiner Sekretärin hörte. Die überaus tüchtige Frau Behringer, die das Klingeln wohl genervt hatte – oder vielleicht war sie auch nur neugierig.

«Dr. Handke ist gerade zur Tür rein und wieder raus», sagte Frau Behringer, nachdem Anna ihren Namen genannt hatte. Der Tonfall falschen Mitleids: «Kann ich ihm was ausrichten?»

«Ja. Er möge mich zurückrufen. Es geht um eine wichtige Sache. Ich bin bis zwölf in der Redaktion und ab drei Uhr zu Hause.»

Anna wünschte sich, von Frau Behringer geliebt zu werden, aber es war nicht zu machen. Selbst ihre Dankesworte fielen auf schweigsamen Boden. Anna legte auf.

Er rief nicht zurück bis zwölf. Anna traf ihn zufällig auf dem Weg zur Parlamentarischen Gesellschaft, wo die Bundestagspräsidentin eine Ausstellung eröffnen würde. Anna parkte verkehrswidrig am Rheinufer und kurbelte ihr Fenster herunter, als sie ihn auf der gegenüberliegenden Seite gehen sah. Anna rief seinen Namen.

Als er sich zu ihr drehte und auf das Auto zukam, erschrak sie. Philipp sah aus wie eine Karikatur seiner selbst: übernächtigt, blaß, mit rotgeränderten Augen und einem Ausdruck im Gesicht, den Anna nur als «verzweifelt» zu deuten wußte. Philipp ging langsam, fast schlepend. Anna stieg aus und wartete.

Philipp Handke küßte Annas Wangen, und sie spürte Bartstoppeln. Sie wich zurück und sagte: «Du siehst verboten aus.» Verfluchte sich für den anklagenden Tonfall.

«Das sagen mir in letzter Zeit viele Leute. Tag, Anna. Ich habe ein paarmal versucht anzurufen, aber mit Anrufbeantwortern mag ich nicht reden.»

Du lügst, dachte Anna, aber mußte man einem Mann nicht verzeihen, der so grauenvoll aussah? «Eigentlich habe ich einen Termin in der Parlamentarischen Gesellschaft, aber der läßt sich versäumen. Sollen wir ein paar Schritte laufen, wenn wir uns schon mal zufällig sehen?» Warum redete sie aus lauter Unsicherheit so dummes Zeug? Philipp nahm Annas Hand, das war ungewöhnlich in öffentlichen Gefilden. «Du hast mal wieder falsch geparkt.»

Anna Marx und Philipp Handke gingen am Rhein entlang, schweigend. Anna schaute auf die Schiffe, die vorbeizogen; Philipp auf die Häuser der Macht am Rhein. Entgegengesetzte Richtungen und falsche Gedanken. Es fiel ihr schwer, jetzt etwas zu sagen, das unverfänglich war, nicht anklagte und nicht verletzte. Sie waren so weit voneinander entfernt, daß Anna fröstelte. Es war ein schöner Tag in Bonn, aber was hieß das schon.

«Es tut mir leid», sagte Philipp schließlich leise. «Ich habe ein paar persönliche Probleme und...»

Anna war stehengelieben: «Sie haben nicht zufällig etwas mit Susanne Sawitzki zu tun?»

Philipps Gesicht war eine Maske aus Abwehr. Misch dich nicht ungefragt in meine Angelegenheiten, sagte dieses Gesicht zu Anna. Ich liebe dich doch, erwiderten Annas Augen. Sie brachte es einfach nicht fertig, es auszusprechen. Wer immer diese Mauer zwischen ihnen gezogen hatte: Es bedurfte mehr als vier Worte, sie einzureißen.

«Als ich heute die Meldung über ihren Tod las, habe ich mich an den Namen erinnert. Der Mann in der *Postkutsche* – erinnerst du dich?»

Zwei Grenzschutzbeamte gingen vorbei, und Anna wich unwillkürlich zurück, als sie die Maschinenpistolen sah. Philipp hatte seine Brille abgenommen, rieb sich die Augen. Zeitgewinn. Was wußte Anna? Und wieviel durfte sie wissen?

«Ich kann mich nicht erinnern», sagte Philipp. «Aber ich kannte tatsächlich eine Susanne Sawitzki. Es ist schon lange her. Vielleicht ist es auch nur eine zufällige Namensgleichheit. Ich habe die Meldung nicht gelesen. Was ist passiert?»

Er hat ein Gedächtnis wie ein Elefant, dachte Anna. Sie zeigte auf eines der Rheinschiffe, das gerade anlegte. «Sollen wir mitfahren?»

Nur, wenn es sehr weit fahren würde, dachte Philipp. Er schüttelte den Kopf, murmelte etwas von einer wichtigen Besprechung.

Wir haben schon lange nichts Spontanes mehr gemacht, überlegte Anna und war traurig. Die eingefahrenen Gleise, die einen zum Tod beförderten, versperrten die Sicht auf Abzweigungen. «Eine gewisse Susanne Sawitzki aus Berlin ist gestern nacht aus ihrer Wohnung gestürzt – oder gestürzt worden. Das ist noch nicht klar. Vielleicht war es auch Selbstmord. Hat sie sich deinetwegen umgebracht?»

Nicht so verletzt erscheinen, Anna. Wenn du ihn angreifst, zieht er sich zurück... Sie versuchte ein Lächeln, das nicht zum letzten Satz paßte und sehr mißglückte. Philipps Gesicht war wieder eine Maske. Und als ob er ihr das noch mit seinem Körper demonstrieren wollte, trat er einen Schritt zurück.

«Deine Phantasie treibt manchmal absurde Blüten, Anna. Ich habe mit diesem Tod nichts zu tun.»

Anna starrte ihn schweigend an.

«Wenn du mal wieder den Drang verspürst, als Detektivin zu wirken, kann ich dir nur dringend abraten, mir in dieser Form auf die Nerven zu gehen.»

Anna war verletzt. Es war manchmal leicht, sie zum Schweigen zu bringen. Er wußte, daß sie wußte, daß sie manchmal strapaziös war. Und wenn man ihr das sagte, fühlte sie sich schuldbewußt und verstummte. Annas Mundwinkel zitterten, und sie drehte sich um zu dem

Schiff, das gerade abfuhr. Anna schlug mit der Faust auf ihr unschuldiges Auto. Drehte sich wieder zu ihm um. Ein leichter, unnatürlicher Ton: «Ich muß jetzt wirklich los zu meinem Termin.»

Philipp nickte, blieb stehen, als sie fortging. Zwei oder drei Schritte, dann drehte sie sich um. «Ich glaube dir kein Wort», sagte Anna laut.

Ein junges Mädchen auf einem Fahrrad drehte sich neugierig um und wäre beinahe ins Schleudern gekommen. Anna stand da wie ein rothaariger Racheengel, und erst als sie sich endgültig umdrehte, sah er, daß eine Strumpfnaht verrutscht war. Ihr Zorn war lächerlich. Die ganze Frau war es. Und er war froh, daß sie endlich ging.

Philipp Handke stand da wie einer, der sich selbst verloren hat. Die geballten Fäuste waren nur ein Ausdruck hilfloser Wut. Es genügte eben nicht, neunundvierzig Jahre lang fast fehlerfrei gelebt zu haben, man mußte die Sache auch ordentlich zu Ende bringen. Und wenn das Ende schrecklich war, dann war es wenigstens dies: ein Ende. Er betrachtete seine geballten Hände mit Ekel, bevor er die Finger entkrampfte und die Hände in die Taschen seines Jacketts steckte.

Ich hasse ihn, dachte Anna, während sie mit einer CDU-Abgeordneten über «Kunst und Politik» sprach. Besser gesagt zuhörte, denn die Worte sprudelten mühelos aus dem Mund einer professionellen Selbstdarstellerin, während Anna nickte und gelegentlich mitschrieb. «Sehr interessant», sagte Anna, deren Hirn leer war und so weit entfernt von Politik und Kunst wie nie zuvor.

«Machst du Diät oder so was?» fragte Rudi Engel, der Hoffotograf, den Anna am Ausgang traf. «Eigentlich wollte ich dich mit aufs Foto nehmen, aber so wie du aussiehst...»

«Fick dich selbst.»

O Gott, konnte die vulgär sein. Rudi Engel heftete sich an Annas Fersen, weil auch er seinen Wagen am Rheinufer geparkt hatte. Sie ging schnell, aber er hielt sich an ihrer Seite: «Ist es was Privates? Apropos privat: Ich habe gestern deinen Typen getroffen. In Berlin.»

Sie blieb so abrupt stehen, daß er sie beinahe rammte. Eine seiner Kameras kratzte ihren Arm, und sie spürte es gar nicht. «Welcher Typ?»

Rudi Engel lächelte maliziös. «Dr. Handke. Oder seid ihr nicht mehr zusammen?»

«Wann?»

Er hätte schwören können, daß ihre Stinklaune etwas mit Handke zu tun hatte. Frauen litten um Männer, das war ihr Schicksal. Rudi Engel versuchte seit fünfzig Jahren, sich einzureden, daß Männer stärker waren als Frauen.

«Gegen 21 Uhr. Am Flughafen. Ich hatte einen Fototermin im Reichstag und...»

Also wirklich. Jetzt ließ sie ihn einfach stehen und rannte weg. Er konnte gerade noch eine verrutschte Naht sehen, so schnell lief sie. Verrückt, alle Frauen waren verrückt, und nur mit den ganz jungen war ein Auskommen möglich, vorübergehend, bis sie zu sicher wurden und entweder anmaßend oder abweisend. Aber gut, solange der Vorrat reichte...

«Die Liebe ist ein seltsames Spiel», pfiff Rudi Engel, als er langsam zu seinem Wagen ging. Ein Gassenhauer, der ihm auf der Zunge erstarb, als ein dunkelblauer Uralt-Jaguar so knapp am Gehweg vorbeiraste, daß er vor Schreck in die Grünanlage sprang. Eine Sekunde Todesangst und dann die Erkenntnis, daß es erstens Annas Auto war und zweitens, daß man Frauen beizeiten aus dem Weg gehen sollte...

XI. Kapitel

Erich Wells hatte seine Ex-Frau zum Bahnhof gebracht, so wie er es ihr versprochen hatte. Ingrid, die auf viel zu hohen Schuhen neben ihm hertippelte, war ihm so dankbar, daß sie das Geld fürs Taxi gespart hatte, und überhaupt: Erich erschien ihr jetzt viel netter als in den letzten Monaten ihrer Ehe. Freier irgendwie. Nicht mehr so überheblich wie früher, sondern von einer lässigen Selbstsicherheit, die ihr imponierte. Erich wußte eben, wo es langging. Er führte sie zielstrebig durch den Düsseldorfer Bahnhof, checkte die Abfahrtszeit und den Bahnsteig, kaufte ihr eine *Brigitte* für die lange Fahrt nach Berlin. Er war schweigsamer als bei ihrem letzten Treffen, fand Ingrid, aber das ließ sich ja auch so erklären, daß er traurig über ihre Rückreise nach Berlin war.

Ein bißchen war sie es auch. Der Kursus war sehr interessant gewesen, obwohl Ingrid noch der Kopf schwirrte von den vielen Zahlen und Verkaufs-Instruktionen. Die Tage bei Anna in Bonn waren auch schön, obwohl ihre Gastgeberin am letzten Tag komisch gewesen war, irgendwie ganz abwesend. Die mußte doch auch froh sein, daß sie die Wohnung wieder für sich allein hatte. Anna war einfach zu nett, das zu sagen. Eines Tages, dachte Ingrid, werde ich mich revanchieren und sie in meine Wohnung einladen. Eine Wohnung mit vielen Blumen, so wie bei Anna, aber farbenfroher und nicht mit altem Kram möbliert, sondern exotisch, mit Rattan und Bambus und…

«Mädchen, du träumst schon wieder.»

Erich fing sie auf, als Ingrid beinahe über einen Penner gestolpert wäre, der hinter ihnen her maulte. Daß die auf diesen schönen Bahnhöfen rumlungerten, fand Ingrid furchtbar. «Bei uns fängt das jetzt auch schon an, Erich.»

«Wo? In Berlin?» Er wußte, daß sie «drüben» meinte, aber Ingrid reizte ihn, sie auf den Arm zu nehmen. Diese unreflektierten Vergleiche, die sie dauernd anstellte...

«Aber nein. Du weißt schon.» Ingrid hakte sich bei ihm unter. «War doch schön, daß wir uns mal wiedergesehen haben. Kommst du nicht mal nach Berlin?»

Ungern, dachte Erich. Aber das hatte nichts mit Ingrid zu tun. Sie war... ach, sie war eben was Vertrautes, ein Mensch, bei dem man sich leicht auskannte, nicht aufpassen mußte. Und hübsch war sie immer noch: Er sah es an den Blicken dieser Typen, die vorbeigingen, und irgendwie machte ihn das stolz. «Komm lieber hierher. Das nächste Mal kannst du bei mir im Apartment wohnen.»

Ingrid hatte sein Apartment schon gesehen. Drüben nannte man das eine Zwei-Zimmer-Wohnung, aber natürlich war es hier komfortabler, mit Bad und Dusche und allem. Wirklich nett von Erich, sie einzuladen... oder war es mehr als nett?

«Warum nicht? Ich würde auch gern Anna wiedersehen. Sie ist eine ganz berühmte Journalistin, weißt du, und...»

«Ich weiß.» Erich bugsierte Ingrid in Richtung der Rolltreppe. «Dein Zug geht in zwei Minuten, sei nicht so 'ne Trödelliese.»

Ingrids Zug war bereits eingefahren – und er war voll belegt, jedenfalls in der Zweiten Klasse. Wo Ingrid einstieg, ihren billigen Koffer in der linken Hand, ein Taschentuch in der rechten. «Ich werde schon einen Platz finden», sagte sie, und er erinnerte sich, daß ihr grenzenloser Optimismus ihn oft genervt hatte. Ingrid hielt ihm ihr Gesicht hin, und er küßte sie auf den Mund, bevor er ging. Für Abschiedsgesten hatte Erich Wells nichts übrig. Erfahrung hatte ihn gelehrt, daß Bedauern ein nutzloses Gefühl war. Die Dinge zu nehmen, wie sie kamen, war immer eine Überlebensregel gewesen – und daran hatte sich verdammt nichts geändert.

Als Ingrids Zug abfuhr, war Erich Wells schon auf dem Weg zur Parkgarage. Alles war ein bißchen mühsamer im Westen, die Wege weiter und die Prozeduren komplizierter. Er dachte nicht mehr an Ingrid, sondern an das Treffen in Harrenbergs Büro. An das Thema des bevorstehenden Gesprächs: Susanne Sawitzki. Andreas Schalke hatte ihn angerufen und ihm erzählt, was passiert war. Die dumme Kuh war aus dem Fenster geflogen, gerade jetzt, wo alles so schön eingefädelt war. Gerade jetzt.

Er mußte sich immer noch konzentrieren, sich in Tiefgaragen nicht zu verirren und sein Auto zu finden. Ein kleiner roter Flitzer, der 200 Sachen drauf hatte. Sein Dienstwagen. Als er einstieg, kam wieder die Panik hoch: das Gefühl, vor einem Abgrund zu stehen, so wie damals im Winter 1990. Man flog doch nicht einfach so aus dem Fenster. Entweder sie hatte sich umgebracht oder...

Oder was? Erich reihte sich in den Düsseldorfer Verkehr ein und fuhr die nächste Tiefgarage an, neben Harrenbergs Büro. Der Gedanke, daß Lutz Böhm seine Hände im Spiel hatte, war nicht gleich von der Hand zu weisen. Oder Harrenberg. Warum hatte der die Überwachung der Sawitzki abgeblasen, so kurz bevor sie...

Der Stau in der Innenstadt war erträglich, und er benötigte nur zwanzig Minuten, um einen Parkplatz zu finden. Zwanzig Minuten, in denen er sich ernsthaft fragte, welchen Grund Harrenberg oder Böhm gehabt hätten? Daß er danach suchte und nichts fand, war ungemein beruhigend. Mit einem Mord wollte er nun wirklich nichts zu tun haben. Daß man mit gewissem Druck arbeiten mußte, um sein Ziel zu erreichen, das war etwas ganz anderes. Das war Business, da kam man nicht weit, wenn man zimperlich war. Aber Mord? Welche Schweinereien man seinem ehemaligen Arbeitgeber jetzt auch anhängen mochte, er – Erich Wells – hätte sich für so was nie hergegeben.

Als er im Lift hochfuhr, dachte er an Lutz Böhm als möglichen Kandidaten. Der war nicht so clever wie Harrenberg und, soweit er dessen Vergangenheit kannte, auch nicht zimperlich. Hatte am meisten von allen mit Susanne Sawitzki zu tun gehabt. Galt als jähzornig. Aber warum? Und warum kam er nicht davon ab, daß an dem Fenstersturz mehr als eine Person beteiligt gewesen war?

Mißtrauen, dachte Erich Wells, als sich die Holztür vor ihm öffnete und superweicher Teppichboden seine Schritte verschluckte. Die haben mir das nicht umsonst lange Jahre eingetrichtert, immer das Schlechteste von anderen anzunehmen. So was prägt fürs Leben. Er mußte sich um ein offenes Lächeln bemühen, als er an der Sekretärin vorbei in Harrenbergs Konferenzzimmer ging.

Die anderen saßen schon und sahen ihn vorwurfsvoll an, als er eintrat. «Tut mir leid, ich hatte Parkplatzprobleme.»

Lutz Böhm blickte ihn nur finster an, während Harrenberg auf einen Stuhl neben ihm wies. «Das sind Wessi-Standard-Entschuldigungen, Erich. Wir haben schon mal ohne dich angefangen. Kannst dir ja vorstellen, worum es geht.»

«Andreas hat es mir gesagt.» Erich Wells setzte sich vorsichtig auf den Stuhl, von dem Harrenberg mal gesagt hatte, daß der 1000 Mark koste. Dessen leichter Ton konnte ihn nicht täuschen: Der sah ganz schön beunruhigt aus. Immer noch cool, aber mit so einem Flackern in den Augen.

«Die Sawitzki hat durchgedreht und sich umgebracht», sagte Lutz Böhm mit Überzeugung und Verachtung.

Andreas Schalke zuckte mit den Achseln und grinste dabei. Erich Wells starrte auf Böhms weiße Socken, die zu kurz waren und dichte schwarze Haare freigaben. Wie ein Affe, dachte er.

«Uns geht es nicht um polizeidienstliche Erkenntnisse, sondern darum, wie wir auf diese neue Situation reagieren.» Harrenbergs Stimme war scharf. Er war nervös, und er wollte nicht, daß die anderen dies merkten. «Wie war die Begegnung zwischen ihr und unserem Zielobjekt? Genaue Eindrücke, bitte.»

Andreas Schalke erinnerte sich an einen regnerischen Tag im Rheinauenpark. Daran, daß er gefroren hatte und richtig erleichtert war, als die Sawitzki wegrannte und die Sache ein Ende hatte. «Ich konnte sie nur belauschen, solange sie im Lokal saßen, alles Weitere wäre aufgefallen. Der Typ war stinksauer, als sie ihm erzählte, wie sie ihn gelinkt hat. Plötzlich rannte sie raus – und er ihr nach, und dann hat er sie an den Armen gepackt und geschüttelt. Ich stand ja was weg, aber es sah so aus, als ob sie Angst vor ihm hatte. Sonst wär sie wohl auch nicht weggelaufen. Er ist dann nach, blieb aber plötzlich stehen und griff sich an die Seite. Sie war dann weg. Ich bin ihr noch bis zum Flughafen nachgefahren, laut Befehl.»

Rolf Harrenberg hatte sich in seinem Chefstuhl zurückgelehnt und die Augen geschlossen.

Andreas Schalke war verunsichert. Seine Vorgesetzten hatten ihn früher während der mündlichen Berichterstattung immer scharf angesehen. «Na ja, mehr weiß ich auch nicht.»

Rolf Harrenberg, die Fingerspitzen gegeneinandergepreßt, bot ein Bild entrückter Konzentration.

Lutz Böhm fand seinen Partner manchmal unerklärlich abgehoben. Und Verhaltensweisen, die ihm fremd waren, lehnte er ab. «Wir hätten sie weiter beschatten sollen», sagte er laut.

Rolf Harrenberg, leise: «Reminiszenzen bringen nichts.

Ich mache dir ja auch keinen Vorwurf, daß du unsere Zielperson in Berlin verloren hast.»

Die Abwehrreaktion kam automatisch: «Ich konnte wirklich nichts dafür. Es war schon so ein Chaos am Flughafen, weil zu wenig Taxis da waren. Und als ich endlich eines hatte, war die Zielperson schon lange außer Sicht.

Und wohin bist du gefahren, als du so ganz allein in Berlin warst? dachte Erich Wells. Er vermied es, seinen Kameraden direkt anzusehen.

Rolf Harrenberg öffnete die Augen: «Ist es vorstellbar, daß unsere Zielperson mit dem Taxi in die Meinekestraße gefahren ist, bei Susanne Sawitzki schellte, mit ihr Streit bekam und die Nerven verlor?»

Schweigen. Erich Wells und Andreas Schalke starrten fasziniert auf das goldene Tischfeuerzeug. Böhm überlegt, ob Harrenberg ihm eine Falle stellen wollte.

«Ich meine, daß unsere Zielperson sie umgebracht hat. Er hatte ein Motiv, und er hatte rein hypothetisch auch die Gelegenheit.» Rolf Harrenberg fixierte seinen Partner, der die Kaffeetasse umklammert hielt. «Du hast sie doch gekannt, Lutz: War sie ein Typ, der zu Selbstmord neigte?»

«Also, ich weiß nicht…»

Harrenberg betonte jedes einzelne Wort. «Ich glaube das nicht. Ich glaube vielmehr, daß Susanne Sawitzki von ihrem früheren Liebhaber ermordet wurde.»

Die vier Männer schwiegen jetzt, der Mann im Chefsessel triumphierend, sein Partner verwirrt und die beiden Untertanen beeindruckt. Es war Erich Wells, der sich schließlich zu Wort meldete: «Ja, gut. Aber wir können es nicht beweisen. Und außerdem: Was bringt uns das?»

Harrenberg zischte: «Mein Gott, bist du blöd. Siehst du nicht, daß wir jetzt einen viel gewichtigeren Grund haben, ihn unter Druck zu setzen.»

Heiß, dachte Erich Wells. Sein schmales Gesicht, das

auch dann besorgt aussah, wenn kein Anlaß bestand, wirkte grau und verfallen. Magenkranke Falten um die Mundwinkel; sein auf Harrenberg gerichteter Blick war skeptisch und ein wenig furchtsam. Dann sah er Böhm an, der jetzt lächelte, und es mußte an seinen Zweifeln liegen, daß er Erleichterung darin zu lesen glaubte.

Andreas Schalke hielt den Kopf gesenkt, so wie immer, wenn ihm eine Sache über den Kopf wuchs und er nach Wegen suchte, sich durchzuschlängeln, ohne anzuecken. Das einfachste war, dem Befehl des Vorgesetzten ohne Wenn und Aber zu gehorchen. So war es früher gewesen und so war es jetzt. Mochte man ihn einen Idioten schimpfen: Auch so ließ sich Unschuld bewahren.

Wenn der Böhm ihm das befohlen hätte, Andreas hätte sie aus dem Fenster gestoßen, dachte Erich Wells. Nicht weil er böse ist, das nicht. Aber Andreas ist einer, der nie geübt hat, selbständig zu denken und Befehle zu hinterfragen. Natürlich hätte auch Böhm... oder Harrenberg selbst? Oder stimmte dessen Vermutung doch, daß dieser Philipp Handke...

«Susanne war immer schon ein wenig unberechenbar», sagte Böhm jetzt im Brustton der Überzeugung. «Man kann sich gut vorstellen, daß sie durchgedreht hat – oder versucht, ihn auf eigene Rechnung zu erpressen.» Der Gedanke gefiel ihm: «Das wäre doch ein verdammt gutes Motiv, findet ihr nicht?»

«Herrschaften, wir wollen hier nicht Detektiv spielen, sondern ein Geschäft zu einem guten Ende bringen.» Harrenberg wandte sich an seinen Partner: «Du hast ihn nicht verloren, sondern dabei beobachtet, wie er an ihrem Haus klingelte. Dann hast du unten gewartet – und hast gesehen, wie sie aus dem Fenster flog. Dann bist du weggerannt. So könnte es gewesen sein – und wir behaupten einfach, daß es so war.»

Lutz Böhm verstand, lächelte und nickte. Er hatte nie Probleme damit gehabt, die Wahrheit ein klein wenig zu verbiegen.

«Meine Informationen sind dahingehend, daß es keine Zeugen gab. Die Polizei geht also davon aus, daß die Sawitzki allein in der Wohnung war, als es passierte.» Einen Moment lang störte Harrenberg der Gedanke, ob Böhm sein Objekt absichtlich aus den Augen verloren hatte. Der hatte schließlich auch Gelegenheit... Aber nein, Überlegungen, die nicht ins Konzept paßten, sollte man besser nicht zu Ende führen. «Was unsere Chancen in Bonn betrifft, so habe ich gehört, daß nur noch zwei ernstzunehmende Konkurrenten im Feld sind. Sie versuchen natürlich, massiven Druck auszuüben. In einem Fall soll eine Spende von einer Million in Aussicht gestellt sein.»

«Sollten wir nicht auch auf dieser Schiene...?» Lutz Böhm rülpste dezent, und sein bulliges Gesicht hatte sich zu einer Grimasse verzogen. Immer wenn er an viel Geld dachte, geriet sein Zwerchfell außer Kontrolle. Er dachte an die Asienreise, die er seiner Frau versprochen hatte. Seine Frau war fünfzehn Jahre jünger als er, und seit dem Fall der Mauer war ihre Reiselust ein Quell ständiger Diskussionen.

«Nein. Wir investieren zur Zeit in Berliner Immobilien und haben kein Geld zu verschenken. Warum sollten wir auch, wenn wir einen so potenten Fürsprecher haben?» Harrenberg lächelte ein wenig selbstgefällig: «Ganz im Gegenteil: Wir werden die Story dieser Spende an ein Nachrichtenmagazin geben. Man darf die freie Presse nicht unterschätzen. Und wenn die Sache erscheint, Herrschaften, haben wir einen Konkurrenten weniger.»

Brillant. Lutz Böhm, der sich ursprünglich Harrenberg nur angeschlossen hatte, um unbeschadet in eine andere Zeit überzuwechseln, merkte mehr und mehr, daß er auf eine Goldader gestoßen war. «Und wann steht die Entscheidung über den Verkauf an?» Anschließend würde er mit seiner Frau für vier Wochen nach Asien fliegen. Sie war ja noch so jung und wollte was von der Welt sehen.

Harrenberg zupfte an einer makellosen Bügelfalte. «Unser Fürsprecher in Bonn mauert, weil er Zeit gewinnen will. Aber unter den neuen Umständen, die sich aus dem Ableben von Frau Sawitzki ergeben, werde ich die Sache selbst in die Hand nehmen und ein wenig beschleunigen. Ich werde ihm ein Treffen vorschlagen – und ihm dann eine Frist setzen.»

«Und wenn er's nicht war?»

Rolf Harrenberg sah Erich Wells an, als sei er eine lästige Fliege. Seine Worte zischten wie Insektenvernichtungsmittel: «Er war's. Verlaß dich drauf.»

Die Instruktionen, die er seinen Mitarbeitern gab – Böhm gegenüber im Ton etwas verbindlicher –, waren knapp und präzise. Erich Wells gab keine Widerworte mehr, Schalke ohnehin nie, und sein Partner schien mit sich und dem Rest der Welt äußerst zufrieden. Rolf Harrenberg dachte an seinen Termin auf dem Golfplatz und daran, daß er alles Wichtige ja doch selbst erledigen mußte. Selbst Lutz, der mit der Manipulation von Menschen sein Arbeitsleben verbracht hatte, kannte sich mit den subtilen Spielregeln, die im Westen herrschten, noch nicht aus. Er war sich ziemlich sicher, daß Erich Wells der cleverste des Trios war. Aber auch der unsicherste Kantonist, eben ein bißchen zu klug für seinen Geschmack.

«Warst du nicht auch in Berlin an diesem Abend?» fragte er ihn an der Tür, so leise, daß die anderen es nicht hörten.

Erich Wells antwortete nicht, und Harrenberg lächelte milde. «War ja nur so eine Frage.»

Als sie weg waren, scherzte er kurz mit seiner Sekretärin, die jung und hübsch und diskret genug war, in sein Vorzimmer zu passen. Dann fuhr er mit dem Lift zur Tiefgarage, wo sein Porsche stand, schwarz und schön, eben auch ein Symbol seines Erfolgs. Rolf Harrenberg hatte nicht viele Leidenschaften: seinen Wagen, das Golfspiel, Innenarchitektur, Kunst, Essen und Trinken, schöne junge Männer. Alles, was sich mehr als weniger mit Geld bezahlen ließ. Daß es ihm nicht in die Wiege gelegt worden war, sondern hart erarbeitet, verlieh dem Luxus einen besonderen Reiz. Schließlich kannte er auch die andere Seite der Medaille: Sie war nur zu ertragen, wenn man jung war oder bescheiden aus Phantasielosigkeit. Nie wieder arm: Das Motto seines Lebens brachte eine gewisse Rücksichtslosigkeit im Umgang mit Paragraphen und Menschen mit sich. Sie waren gottlob biegsam, beide. Grenzfälle hingegen waren eine besondere Herausforderung an seine Intelligenz und Härte. Rolf Harrenberg hegte keinen Zweifel daran, daß er zu den Siegern gehörte. Und daß er es verdiente.

XII. Kapitel

Willis wilde Bulettenbude war ein Schickimicki-Lokal von der Art, die es in Bonn nie gegeben hatte. Anna fühlte sich unwohl: nicht jung genug, nicht reich genug, in keiner Weise verrückt angezogen oder von der blasierten Art der Szene angehaucht. Eben Anna aus Bonn: der Gedanke, einmal umziehen zu müssen, kam mit erschreckender Nachwirkung. Anna umklammerte ihr Weinglas. Ich sollte mich beizeiten in Hamburg bewerben, dachte sie.

Alte Bäume zu verpflanzen, und noch dazu in so 'ne Stadt, das ist Wahnsinn. Und andererseits: Wieviel von Anna Marx beklagte die Trägheit ihres Lebens? Wieviel war schon darin aufgegangen?

Die Kellnerin stellte ihr ungefragt einen Teller mit einer Bulette auf die Theke. «Noch'n Wein, gnä' Frau?»

Die Kellnerin war widerlich jung und hübsch. So lebensbejahend wie der Polizeisprecher, der beinahe mit ihr geflirtet hatte, aber im Ergebnis wenig fruchtbar gewesen war.

Anna nickte. Dachte an das halbstündige Gespräch aus vielen Fragen und wenigen Antworten. Susanne Sawitzki war nach den Erkenntnissen der Polizei in ihrer Wohnung gewesen, als es passierte. Pech, daß die einzigen Nachbarn auf der Etage in Urlaub waren. Die alte Dame darunter hatte ferngesehen und, weil sie schwerhörig war, den Ton sehr laut gestellt. Ein Unfall? Möglich, aber da hätte sie sich schon verdammt blöde anstellen müssen. Also Selbstmord? Kein Abschiedsbrief, aber so was müsse ja nicht sein, hatte Herr Bolle augenzwinkernd gesagt. Und daß Susanne Sawitzki nach einem schweren Unfall ihr Musikstudium an den Nagel hängen mußte. Daß die ihren Ehemann durch Krebs verloren hatte. Daß sie gelegentlich sehr verschlossen war – so die Aussage ihres Freundes Wilhelm Wöhl.

Alles gute Gründe, an einem Freitagabend den kürzesten Weg aus dem fünften Stock zu wählen? Annas bohrende Fragen waren an dem augenzwinkernden Herrn Bolle abgeprallt. Erst nach einer Weile hatte Anna kapiert, daß er nicht von seltsamem Humor befallen war oder mit den Augen flirtete, sondern einen nervösen Tick hatte.

Ost-West-Geschichten? Die Dame sei schließlich von drüben gekommen? Da war Herr Bolle sehr schweigsam geworden, hatte auf seine Uhr gesehen und Anna mit liebenswürdigsten Worten verabschiedet. Und jetzt saß sie hier, in Willis Bude, um den Liebhaber der Verblichenen zu befragen. Drei Tage Urlaub. Die Flüge waren natürlich ausgebucht, so wie alle besseren Hotels: eine Wahnsinnsfahrt mit dem Auto und ein absolut überteuertes Zimmer in einer miefigen Pension waren der Preis, den sie für ihre Neugierde bezahlen mußte. Nein, es war mehr als das: für ihren Verdacht, daß Philipp in die Sache verwickelt war. Ein absurder Verdacht vielleicht. Aber wenn sie nicht ständig daran denken wollte, mußte sie etwas tun. In dieser blöden Bar sitzen und Wein trinken und Buletten essen, die sie gar nicht mochte.

«Sie wollten mich sprechen?»

Jemand tippte ihr von hinten auf die Schulter, und Anna drehte sich erschrocken um. Ein großer, breitschultriger Muskelmann stand vor ihr. Anna registrierte einen Dreitagebart und einen dezenten Ohrring, geltrunkene Haare und sehr wache Augen. «Herr Wöhl?»

«Nennen Sie mich Willi. Das tun alle hier.»

«Anna Marx. Aus Bonn. Wollen Sie was trinken?»

Willi bestellte ein Glas Champagner, was Anna ziemlich unverschämt fand.

«Ich bin Journalistin, Herr Wöhl... Willi. Und ich wollte etwas über Susanne Sawitzki schreiben, Sie waren doch mit ihr befreundet?»

Willi sah mißtrauisch aus, und Anna reagierte mit ihrem gewinnendsten Lächeln.

«Aus Bonn? Über Susanne?»

Anna, leise und verschwörerisch: «Ich recherchiere eine Reportage über Selbstmord in Großstädten. Die Vereinsamung. Die Auswirkungen des Ost-West-Gefälles. Sie wissen schon.»

Er wußte nicht. Aber er bat sie in sein Büro, weil er Journalisten grundsätzlich wie rohe Eier behandelte und ihn die neugierigen Blicke der Kellnerinnen nervten.

Anna nahm ihr Glas mit ins Büro, das völlig anders und beinahe biedermeierlich möbliert war.

«Ich kann Ihnen nicht helfen, weil ich es nicht verstehe», sagte Willi, nachdem Anna sich gesetzt hatte.

«Hatten Sie Streit? Oder gab es finanzielle Probleme? Ich meine, sie muß doch einen Grund gehabt haben?»

Als ob er sich darüber nicht schon den Kopf zerbrochen hätte. Die fragte so dämlich wie die Bullen. Willi kratzte ratlos seine Stoppeln. «War alles paletti. Unsere Beziehungskiste war in Ordnung, der Laden läuft gut und immer besser. Ich meine, sie war ein bißchen komisch in letzter Zeit, das ist wahr. Ich dachte mir, daß es mit ihrem Unfall zu tun hatte – mit dem steifen Finger und so, aber das waren so Depressionsschübe, die vorübergingen. Dachte ich jedenfalls, bis...»

Ein erstes Anzeichen von Schmerz. Jetzt kratzte er sich nicht mehr am Kinn, sondern spielte mit seinem Ohrring.

«Einen anderen Mann gab es nicht?»

Willi zuckte mit den Achseln. «Wir hatten eine sehr tolerante Beziehung. Aber nicht, daß ich wüßte...»

Du meinst, du hast sie beschissen, und fandest es ganz nett, daß sie es nicht tat, dachte Anna. Oder doch? War der Kerl so cool, wie er sich gab, oder war es nur Zeitgeistgetue? «Kannte Susanne zufällig einen Dr. Handke aus Bonn?»

Nun war er wieder mißtrauisch. Spannte seine Muskeln und sah Anna sehr wach an. «Wer ist das? Was soll das?»

Anna überlegte fieberhaft nach einer guten Antwort und versuchte, Zeit zu gewinnen, indem sie sich umständlich eine Zigarette anzündete. «Das ist... ein Psychologe aus Bonn. Ich habe mit ihm gesprochen... über das Thema... und irgendwie den Eindruck gewonnen, daß er

Susanne kennt. Kannte. Aber ich kann mich auch irren. Deshalb frage ich Sie ja.»

Manchmal hatte Anna Glück mit ihren Lügen. Willi hatte eine ausgesprochene Abneigung gegen «Seelenklempner» und drückte es Anna gegenüber so aus, daß «die alle selber den größten Schuß haben und sich an anderen abreagieren». Willi überlegte: «Den Namen hab ich nie gehört. Aber sie ist tatsächlich nach Bonn geflogen, ein paar Tage, bevor sie... Ich hab das Ticket gesehen, und sie sagte was von 'ner Freundin, die sie besuchen wollte. Also, wenn ich's mir recht überlege, ist schon möglich, daß sie zu diesem Dr. Handke geflogen ist.»

Fast ein Volltreffer, dachte Anna. In den eigenen Unterleib. Willi sah jetzt aus, als ob er wütend wäre.

«So was Bescheuertes. Als ob es nicht genügend Seelenklempner in Berlin gäbe! Und überhaupt: Wenn es so war, hat es nicht viel genutzt. Oder?»

Anna wurde nicht sehr schlau aus dem Mann, der sich Willi nennen ließ. Trauerte er, oder war nur seine Sprache mitleidlos? «Als Sie Susanne das letzte Mal gesehen haben – gab es da gar kein Anzeichen?»

Willi spielte jetzt mit seiner Krawatte, ein rosaviolettes Ding, das er mit seiner rechten Hand zerknüllte. Knitterfreie Seide. Der Zeigefinger der linken Hand auf Anna gerichtet: «Das hat mich die Polizei auch schon gefragt. Nein, gute Frau. Nichts. Sie ist um 18 Uhr aus dem Laden, sie hatte Frühschicht. Sagte, daß sie müde sei und früh ins Bett wollte. Also habe ich ihr auch nicht den Vorschlag gemacht, nach Ladenschluß zu ihr zu kommen. Wäre sowieso etwas spät geworden – halb drei war's. Als ich endlich zu Hause war, rief die Polizei bei mir an.»

Die Frage nach einem Alibi lag nahe, aber danach

hatte ihn vermutlich die Polizei schon gefragt, und sie hatte keine Lust, ihn unnötig zu reizen. Anna stand auf. «Haben Sie Susanne geliebt, Willi?»

Das hatte die Polizei nicht gefragt. Er ließ seine Krawatte los und dachte an das Begräbnis, das er arrangiert hatte. An den teuren Kranz mit weißen Lilien, die Susanne so gemocht hatte. An die kleine Abschiedsfeier, die er anschließend im Lokal geben würde, nur für engste Bekannte und Stammgäste. Die rothaarige Journalistin stand an der Tür und sah ihn fragend an.

«Hätte es was geändert?»

Wer immer es war, dachte Anna: der nicht. Der ist zu solchen Leidenschaften, wie seine Geliebte aus dem Fenster zu stürzen, nicht fähig. «Danke, daß sie mit mir gesprochen haben, Willi. Ich bezahle dann vorne an der Theke.»

«Lassen Sie den Laden aus dem Artikel raus», rief Willi ihr nach. «Ist nicht gut für's Image, wenn Sie verstehen, was ich meine.»

«Alles klar.» Anna bezahlte und dachte: Hauptstadtpreise. Als sie zur Tür ging, passierte sie einen Tisch mit zwei sehr hübschen Mädchen.

«Er muß mich wirklich lieben», sagte die eine. «Stell dir vor, wir waren in einem unglaublich teuren Restaurant – und er hat beim Bezahlen nicht nach der Quittung gefragt.»

Als Anna auf die Straße trat und von dem Menschensog empfangen wurde, der angeblich Herz und Schnauze in sich vereinte, dachte sie an Bonn – und an Philipp. Ein falscher Schritt und du bist am Ziel – anderer.

Willi Wöhl saß in seinem Büro und tat etwas, das seinem Naturell sehr fremd war: Er dachte an den Tod. Er dachte an Susannes Leiche, die er identifiziert hatte, an die Kälte dieser letzten Begegnung und den Ekel, den Susannes Überreste in ihm ausgelöst hatten. Reste, die man in seiner Küche vom Teller wischte. Der Tod war der Abfall des Lebens. Der Friedhof eine Müllkippe. Susanne, die nun kein Schmerz mehr plagte... Das mußte schön sein, irgendwie, nichts mehr zu spüren.

Nein, Susanne spürte nichts mehr von seinem Zorn über ihren lächerlichen Erpressungsversuch. Fünfzigtausend Mark: Eine Menge Kohle, die sie da von ihm gefordert hatte, bloß weil er einmal eine heiße Ladung gekauft hatte, geklauten Bordeaux und Champagner zu günstigeren Preisen. Ein Schnäppchen sozusagen, von dem sie leider gewußt hatte.

Susanne, die eine Reise machen wollte, eine große Reise, wenn sie soviel Geld dafür brauchte. Eine Weltreise, hatte sie gesagt, und ihn mit feuchten Augen angeglotzt. Bitte, Willi, hatte sie gesagt: Ich brauche Tapetenwechsel. Aber nicht mit meinem Geld. Hatte Willi gesagt. Und dann hatte sie diesen günstigen Einkauf ins Spiel gebracht, so von ungefähr... Und was zum Teufel konnte er dafür, wenn einige seiner Gäste Koksbriefchen über die Tische schoben? Auch das hatte Susanne erwähnen müssen, das mit dem Kokain. Als ob er das Kindermädchen seiner Gäste wäre. Oder ein Mann, der sich erpressen ließe.

Wenn er daran dachte, stieg immer noch Zorn in ihm hoch. Das war der Dank dafür, daß er eine DDR-Frau mit steifem Finger bei sich aufgenommen, sie in seine Kreise eingeführt hatte! Susanne, du bist verdammt undankbar, hatte er zu ihr gesagt, und sie, sie hatte nur gelächelt und erwidert, jeder müsse selber sehen, wie er zurechtkomme. Und daß sie ihm eine Woche Zeit lasse, das Geld zu besorgen.

Fünfzigtausend Eier! Willi dachte: Für soviel Geld kann man seine eigene Mutter umbringen lassen. Zuviel Geld für ein paar Flaschen Wein und das bißchen Koks. Susanne war eben doch ein bißchen verrückt gewesen, nicht ganz von dieser Welt, sonst hätte sie nicht versucht, ausgerechnet ihn zu erpressen. Von wegen Darlehen: Sie hatten beide gewußt, daß dieses Wort eine Lüge war.

Angst. Sie hatte ihm was von einem Mann erzählt, vor dem sie Angst hatte, und nur deshalb müsse sie aus Berlin abhauen. In die Karibik – und mit seinem Geld. Davonlaufen sei doch keine Lösung, hatte er zu ihr gesagt. Worte! Willi dachte, daß er eigentlich immer ein Mann der Tat gewesen war. Die Leute redeten zuviel, das war das eigentliche Problem der Welt. Jeder hörte sich reden, und keiner hörte den anderen.

«Willi, da will einer Kaviar auf Kredit.»

Die Kellnerin, die er nur wegen ihrer Kurven eingestellt hatte, rief durch die geschlossene Tür. Eine mögliche Kandidatin für Susannes Posten, deren Intelligenzquotient allerdings nicht so üppig war wie ihre Oberweite.

«So was gibt es doch gar nicht», murmelte Willi, der den Tod nunmehr abgehakt hatte und sich den Lebenden zuwandte. Trauer war nicht angesagt. Das echte Lebensgefühl konzentrierte sich auf das Ich und Jetzt.

«Ich komme», rief Willi.

XIII. Kapitel

Anna hatte Philipp schon in vielen Positionen erlebt: doch nie auf der Treppe vor ihrer Wohnung sitzend, den Kopf in den Händen vergraben, einer müden Statue gleich, anklagend und ein wenig betrunken.

«Wo warst du so lange? Ich habe auf dich gewartet!»

Anna stand vor Philipp und suchte blind nach dem Hausschlüssel, der nie mit dem ersten Griff zu finden war. «Ich war in Berlin. Willst du mit reinkommen?»

Manchmal waren ihre Fragen unerträglich aufreizend. Philipp stand auf, riß ihr die Handtasche aus der Hand und kippte sie um.

«He, bist du verrückt geworden?» Anna starrte auf die Ansammlung nötiger und unnötiger Dinge zu ihren Füßen. Der Inhalt einer Handtasche war in dieser Form sehr lächerlich. Der Schlüssel lag auf dem Notizblock. Philipp hielt ihn mit einer Hand triumphierend hoch, während er mit der anderen Annas Kram einsammelte.

Willis Visitenkarte. «Hast du einen neuen Liebhaber in Berlin?»

Anna riß ihm den Schlüssel aus der Hand. «Du bist betrunken.»

«Äußerst scharfsinnig, mein lieber Watson.» Er hielt ihr die Handtasche hin, und Anna sperrte die Tür zu ihrer Wohnung auf, seine Alkoholfahne im Rücken. Er roch nach Whisky und Zigarren. Er war ein Mann, den Anna am besten von allen Männern kannte, aber eben nicht genug, um alle Fragen zu beantworten.

Anna warf ihre Handtasche auf den Küchentisch. «Willst du Wasser oder Kaffee?»

Rituale. Sie wußte, daß er sich an den Küchentisch setzen und die Beine auf die Bank legen würde. Philipp legte die Beine auf die Bank und sagte: «Bier. Hast du Bier im Haus?»

Sie hatte. Sie hatte auch plötzlich Mitleid mit ihm, und das war kein atemberaubendes Liebesgefühl. Während sie zwei Gläser Bier einschenkte, dachte sie, jetzt wird er mir sagen, daß wir uns besser trennen sollten. Aus diesen und jenen Gründen. Und ich werde ganz vernünftig und leise sein und ihm keine Szene machen – und dann werde ich mich unglaublich betrinken und zwei Schlaftabletten nehmen, aber mich nicht aus dem Fenster stürzen. Selbstmitleid ist besser als Mitleid.

«Ich hatte heute eine lange Sitzung, in der unter anderem das Thema Inter-Verlag behandelt wurde. Und ich habe kluge und gute Argumente vorgetragen, warum eine gewisse Düsseldorfer Firma eine reelle Chance bekommen sollte. Ich habe den Staatssekretär daran erinnert, daß ich seine letzte Fehlentscheidung mitgetragen und ausgebügelt habe und er mir mithin einen Gefallen schuldet. Nicht in diesen groben Worten selbstverständlich. Die Sprache der Politik kennt feinsinnige Zwischentöne. Nicht nur Chinesen müssen ihr Gesicht wahren, verstehst du, Anna?»

«Warum erzählst du mir das alles?»

Anna war aufgestanden, um sich Zigaretten zu holen. Große rote Anna, Urmutter und lästiges Kleinkind, seine letzte Liebe vielleicht, weil das Leben so kurz geworden war. Philipp gab ihr Feuer, fühlte sich sehr nüchtern in Annas Küche, leicht und von absolut klarer Unschärfe.

«Weil ich auf dem Wege bin, mich erpressen zu lassen. Und weil ich denke, daß du das wissen solltest. Du willst doch immer alles von mir wissen, Anna.»

«Hat es was mit Susanne Sawitzki zu tun?»

Scharfsinnige Anna. Sie war so schnörkellos, und sie trank ihr Glas in einem durstigen Zug leer und holte eine neue Flasche aus dem Kühlschrank. Und jetzt nickte er, und ihm entging nicht der Triumph in Annas Blick, rechthaberische Selbstgefälligkeit, die sie fast immer mit Humor und Selbstironie zudecken konnte. Noch nie, schien es Philipp, hatte er Anna mehr geliebt als in diesem Moment, an diesem Küchentisch. Aber warum?

Es war verdammt schwer gewesen, sich zu entscheiden, sich in ihre Hand zu begeben. Jetzt schien es einfach. Anna würde verstehen.

Philipp erzählte seine Geschichte, während Anna Bier trank, rauchte und ihm aufmerksam zuhörte. Er untertrieb ein wenig, was Susannes Anziehungskraft auf ihn betraf, schließlich war es unnötig, seine Beichtmutter zu reizen. Philipp gab seiner Geschichte eine väterliche Note, die sie nie gehabt hatte. Er vermied es, Anna anzusehen, als er ihr von seinen wiederholten Besuchen in Ostberlin erzählte, von seinem Mitleid mit der tapferen Regimegegnerin, seinen erfolgreichen Bemühungen, sie in den Westen zu schaffen. Würde es Anna interessieren, daß sie sich noch ein paarmal in Westberlin getroffen hatten, bis er ihrer überdrüssig war und dies in schonende Worte verpackte?

«Mit Susannes Ankunft in Westberlin war unsere Affäre beendet», sagte Philipp. «Ich habe sie nicht wiedergesehen – bis zu dem Tag, als sie nach Bonn kam. Um mich zu erpressen.»

Soviel Dummheit, dachte Anna, hätte ich ihm nicht zugetraut: auf eine Spionin reinzufallen. Auf einen kuhäugigen Mata-Hari-Ostverschnitt: Sie hatte Susannes Foto gesehen. Anna sagte: «Sie muß sehr überzeugend gewesen sein, wenn du nie mißtrauisch geworden bist.»

Verständnisvoll im Ton, das war sie ihm schuldig – und der Geschichte, deren Ende sie hören mußte.

«Sie war überzeugend, Anna. Ich bin aus allen Wolken

gefallen, als sie mir auch noch unterstellte, daß ich ihr Doppelspiel immer durchschaut hätte.»

«Und warum bist du nach Berlin geflogen?»

Er fragte nicht, woher Anna das wußte. «Ich war bei unserem Treffen so außer mir vor Zorn, daß Susanne tatsächlich Angst bekam und weglief. Ich wollte… noch einmal mit ihr reden, sie nach ihren Hintermännern fragen. Vielleicht wollte ich sie auch kaufen.»

Anna qualmte und sah ihn durch den Rauch ihrer Zigarette fragend an. Mutter Courage ohne Kinder: Wie hatte er nur je von ihr glauben können, daß sie eine Frau für leichte Stunden war? Freund Walter würde ihn für diese Beichte geißeln – wenn er es denn erfahren würde. Er hatte von Walter nichts mehr gehört seit dem Anruf, bei dem Walter geheimnisvoll angedeutet hatte, daß er Susannes Hintermännern auf der Spur war.

«Und – hast du mir ihr gesprochen? In Berlin?»

Anna kann es nur wissen, weil mich jemand dort gesehen hat, dachte Philipp plötzlich voller Panik.

«Circa eine halbe Stunde. In ihrer Wohnung. Sie hatte immer noch diese lächerliche Angst, daß ich ihr etwas antun würde.» Philipp dachte, daß diese Formulierung etwas unglücklich war. Annas Augen flackerten. «Ich habe sie beruhigt und ihr gesagt, daß ich nicht die Absicht hätte, sie anzuzeigen – wie sollte ich auch? Und ich habe sie gefragt, wieviel ihr Schweigen kosten würde?»

Anna tötete ihre Zigarette und zündete sich sofort eine neue an. Merkte sie etwas von seinem Haß, der Susannes Tod überdauert hatte? Er versuchte ein Lächeln, das mißglückte. «Sie hat sich auf nichts eingelassen. Stand die ganze Zeit da wie ein Opferlamm. Schwieg. Sagte lediglich, daß sie Angst habe – aber nicht vor wem oder was. Ich hatte den Eindruck, als würde sie auf etwas warten und mir gar nicht zuhören, verstehst du, Anna? Es war so verdammt frustrierend. Schließlich habe ich es aufgegeben.»

Schweigen. Anna flüsterte: «Und dann bist du gegangen?»

Durch den Rauchschleier sah Philipp völlig klar, was Anna ihm bisher verborgen hatte: Zweifel. Grüne Augen, die seinen auswichen. Die hektische Bewegung, mit der sie ihr Glas zum Mund führte. Ich habe ihr vertraut, dachte Philipp, und die ganze Zeit hat sie überlegt, wie sie die Frage formulieren soll.

«Du meinst, ob Susanne noch gelebt hat, als ich ging?»

Von einer Sekunde zur anderen saßen zwei Fremde an einem Tisch. So empfand es Anna, die jetzt Philipps Blick suchte und nichts fand, woran sie sich festhalten konnte. Sie legte ihre Hand auf seine, spürte das kalte Metall seines Eherings. Eine starke Hand. Und eine Lüge: «Nein. Das habe ich nicht gemeint. Aber es könnte ja sein, daß du jemanden gesehen hast? Oder gespürt, daß Susanne am Ende war, durchdrehte und...»

«Und was, wenn ich sie aus dem Fenster gestoßen hätte?»

Das Geräusch war laut wie ein Wasserfall. Anna dachte: Ich hätte schon längst den Klempner anrufen sollen wegen des tropfenden Wasserhahns. Und daß es jetzt ein Fehler wäre, die Hand zurückzuziehen. Seine Hand lag ganz ruhig auf dem Tisch. Er sah sie so herausfordernd an wie damals, an ihrem ersten gemeinsamen Abend, als er sie fragte, ob sie Lust hätte, mit ihm ins Bett zu gehen.

«Was willst du von mir hören? Daß auch Mörder ein Recht auf Liebe haben?»

Er hatte seine Hand weggezogen, um den Kopf in seine Hände zu vergraben, und Anna sah Philipps Schultern zucken, und sie dachte: Mein Gott, er weint, und mein Wasserhahn tropft, und ich bin nicht imstande, auch nur einen klaren Gedanken zu fassen, geschweige denn zu formulieren... Das Anna-Philipp-Spiel ist zu Ende, jetzt wird es ernst... Es dauerte ein paar Sekunden, bis sie begriff, daß Philipp lachte. Er sah sie tränenlos und mit zuckenden Mundwinkeln an. Anna sah gnadenlos dumm aus in diesem Augenblick, mit offenem Mund und aufgerissenen Augen.

«Hast du wirklich geglaubt, ich würde dir einen Mord gestehen? Anna! Ich wollte nur wissen, wie du reagierst. Ich habe Susanne nicht umgebracht.»

Natürlich nicht. Anna klappte den Mund zu und griff mit unendlicher Erleichterung nach ihrer Zigarette, die im Aschenbecher fast verglüht war. Das vertraute, ironische Philipp-Gesicht, das jetzt wieder ernst wurde.

«Aber dieser Harrenberg behauptet es. Jetzt, da Susanne tot ist, wollen sie mich damit unter Druck setzen.»

«Wer ist Harrenberg?»

«Ein Gauner, der sich Ex-Stasi-Leute und Stasi-Akten unter den Nagel gerissen hat und versucht, damit Geschäfte zu machen. Seine Consultingfirma tritt als Interessent für die Inter-Verlagsgruppe auf. Einen Hauptkonkurrenten hat er schon aus dem Rennen geworfen, nachdem in der Presse Mutmaßungen über Bestechungsgelder aufgetaucht sind. Parteispenden, wie schon gehabt.»

«Pfui Teufel.»

Ihm war nicht ganz klar, wen oder was Anna damit meinte. «Ich weiß nicht, für wen Harrenberg auftritt. Kann sein, daß er den Verlag an den Meistbietenden weiterverkaufen will. Er tat am Telefon sehr geheimnisvoll. Aber er hat mir unmißverständlich klargemacht, was passiert, wenn ich nicht mitspiele.»

Philipp in Not, ein Gedankenspiel, in dem sie sich vorgestellt hatte, daß sich dann Liebe beweisen ließe. Aber die Wirklichkeit, die in Annas Leben immer hinter ihren Erwartungen gehinkt hatte, war komplizierter. Weil sie jetzt dachte: Wie weit würde er gehen, um sich zu schützen? Wenn er bereit ist, sich erpressen zu lassen, wie viele Schritte führen zum nächsten... zum ultimativen Selbstschutz? Und wieso wurde sie das Gefühl nicht los, daß er ihr die Wahrheit häppchenweise servierte, sozusagen im Testverfahren?

«Was hat Harrenberg gegen dich in der Hand?»

Annas Reaktionen waren weniger mitfühlend, als er gedacht hatte. Für ihre Verhältnisse war sie ausgesprochen – kühl. Wenn er jetzt überlegte, warum er sie ins Vertrauen gezogen hatte, erschien ihm die Idee einer Art Rückversicherung nicht mehr so brillant. Schließlich, er hatte sich in ihre Hand gegeben, und auch dafür würde er irgendwann büßen müssen. Irgendwann... aber daran dachte man nicht, wenn man bis zum Hals im Morast steckte und sich freizustrampeln versuchte. Ein verlockender, jedoch kurzlebiger Gedanke: alles zu sagen... «Ich weiß nicht. Er behauptet, einer seiner Leute habe mich zur Tatzeit in ihrem Haus gesehen. Und ein Motiv kann er natürlich auch liefern...»

In das Schweigen tropfte Annas Wasserhahn. Philipp hatte seine Brille auf den Tisch gelegt und rieb sich die Augen. Liebe, Mitleid und Mißtrauen ließen sich so schwer miteinander vereinbaren. Anna haßte sich dafür, daß sie nicht so bedingungslos reagieren konnte wie die Heldin ihrer Gedankenspiele. «Und wenn er, ich meine, wenn seine Leute Susanne umgebracht haben? Sie haben dich gesehen, also waren sie da und...?»

Zugegeben, sehr logisch war es nicht. Aber kein Grund für Philipp, sie anzuzischen: «Selbstmord ist dir wohl nicht gut genug. Schließlich war sie eine labile Person. Und eine Frau mit einer verdammt häßlichen Vergangenheit.»

Es bringt sich ja nicht jeder gleich um, weil er ein

Schwein ist, dachte Anna. Und daß sie jetzt genau da war, wo sie immer sein wollte: an Philipps bloßgelegten Nerven. Am ganzen Mann, nicht bloß seinem Anna-Schaufenster. Es war nicht schön. Es war unheimlich.

«Möchtest du Kaffee?»

«Nein. Ich möchte, daß du mir sagst, daß ich recht habe, auf Harrenbergs Forderungen einzugehen. Schließlich: Was geht mich dieser verdammte Verlag an? Er hat mir versprochen, mir die Sawitzki-Akte zu übergeben, wenn alles gut gelaufen ist. Und mich zu vergessen.»

«Das glaubst du wohl selbst nicht.»

Nein. Oh, Anna, hör auf, so selbstgerecht auszusehen. So schuldlos. Ein Mensch ohne Sorgen, abgesehen von denjenigen, die er sich selber machte. Anna, die Gute. Mit ihren klugen Sprüchen, passend zu jeder Lebenslage. Na los, Anna, sag was Kluges.

«Warum haust du ihn nicht übers Ohr? Erzählst ihm, daß du alles in deiner Macht Stehende für ihn getan hast – aber die Entscheidung höheren Ortes gefällt wurde?»

Nicht klug genug. «Er ist über die Verhandlungen genauestens informiert. Und über meine Position. Also noch jemand, den er in der Hand – oder gekauft hat: Glaub mir, Anna, ich bin nicht der einzige in Bonn, der erpreßbar ist.» Eine dicke Mauer um alle Stasi-Akten und Mitarbeiter hätte man bauen müssen, dachte Philipp. Damit die Guten gut bleiben. Er sah Anna an, die nachdenklich an ihrer Zigarette sog. Die Luft war schwer von Annas Laster, und er war so müde. Unerträglich, der Gedanke, nach Hause fahren zu müssen, in das perfekte Heim mit den Laienschauspielern einer glücklichen Familie. «Kann ich bei dir schlafen?»

Die Frage war ungewöhnlich und nicht sexueller Natur. Leidenschaft war Anna nicht vorstellbar, nur die Suche nach Nähe und Wärme. Sie hätte es nie übers Herz gebracht, nein zu sagen. Später, ein wenig später, als er neben ihr lag, sein Gesicht in ihren Brüsten vergraben, blieb Mutter Anna ihm eine Antwort schuldig. Er schlief darüber ein, während Anna sich selbstquälerisch in seine Frage verbiß: Würdest du mich verraten, Anna?

Was verraten?

XIV. Kapitel

Die Stimme war kultiviert und angenehm im Ton, dennoch hielt er den Hörer ein Stück entfernt, als Frau Handke ihm erklärte, daß ihr Mann in «Klausur» gegangen sei und für dringende Familienangelegenheiten nur noch im Büro erreichbar wäre. «Er wollte mir nicht einmal sagen, in welchem Hotel er sich einquartiert hat. Sehr ungewöhnlich, nicht wahr?»

Im Büro hatte Walter Fuhrmann bereits angerufen, um von der Sekretärin zu erfahren, daß Dr. Handke unterwegs sei. Die Stimme der Behringer war beunruhigter als die seiner Frau, dachte Walter, als er das Telefonat mit den Worten schloß: «...Und bitte verzeihen Sie die Störung, gnädige Frau.» Eine Floskel, auf die sie noch eine draufsetzte: «Ein alter Freund meines Mannes stört nie.»

Walter seufzte, als er auflegte. Er war zutiefst beunruhigt über Philipps Reaktionen seit diesem... Vorfall. Es sah ihm nicht ähnlich, sich so aus der Lebensbahn bringen zu lassen, daß er sogar – vorübergehend – von zu Hause auszog.

Ein leichtes, die Bonner Hotels checken zu lassen... Aber ein Instinkt warnte ihn vor übertriebenen Reaktionen. Derselbe Instinkt, der ihn davon abhielt, sich mit dieser Frau Marx in Verbindung zu setzen. Er hatte Frau Behringer dringend um Philipps Rückruf gebeten. Warum zum Teufel rief er nicht an?

Auf seinem Schreibtisch lagen die Akten Sawitzki, Böhm, Wells, Harrenberg. Letztere war nur eine rote Mappe mit schmalem Inhalt. Er hatte sie mit zusammengekniffenen Lippen gelesen und die Zeile «sexuelle Kontakte mit Strichjungen» grün unterstrichen. Jeder Mensch hatte mindestens einen Punkt, an dem man ihn packen konnte. Harrenberg bot eine sehr breite Angriffsfläche. Böhm und Wells waren wendige Springer in einem Spiel, das Harrenberg von der Grundlinie aus dirigierte. Und die Sawitzki war tot: ein Bauer, der sich zu weit nach vorne gewagt hatte. Der bisherige Spielverlauf war Walter völlig klar. Nur eine Figur – sein Freund Philipp – irritierte ihn durch Mißachtung der Regeln.

Walter Fuhrmann wandte seinen Blick von der roten Mappe auf den Giftschrank aus stabiler Eiche. Er beinhaltete Stasi-Akten, die seine Abteilung sozusagen aus dem Umlauf gezogen hatte. Beschlagnahmt, gekauft, erpreßt: Die dienstlichen Akzente hatten sich nur geringfügig verschoben, indem man nicht mehr Material gegen andere sammelte, sondern gegen sich Gesammeltes aus dem Verkehr zog. Zum Schutz der Politiker, zum Schutz der Demokratie, zum Schutz von Ruhe und Ordnung in diesem Staat. Es war müßig, darüber nachzudenken, daß energisches Durchgreifen in den ersten Wochen und Monaten seiner Behörde eine Menge Arbeit und Ärger erspart hätte. Wer Anarchie duldete, hatte die Folgen zu tragen.

Je enger sich die Kreise meines Leben ziehen, dachte Walter, desto weniger bin ich imstande, mich aufzuregen. Ruhe war ein wichtiges Wort geworden, seit Gerda gestorben war. Er wollte seine Ruhe vor der Welt – und in einem halben Jahr würde er sich nicht mehr von seinem Weinkeller und seiner Bibliothek trennen müssen, um zu diesem Schreibtisch zu gelangen, diese Akten zu lesen, in unwichtigen Besprechungen und Konferenzen Strategien zu wälzen und lächerliche Geheimnisse zu hüten. Noch fünf Monate, das Verdienstkreuz war bereits verliehen und sein Nachfolger ausgewählt. Wenn er die Augen schloß, konnte er sich sehr gut vorstellen, daß ein anderer an seiner Stelle saß, noch berauscht von der Macht seines Wirkens – und der Macht als solcher.

Wenn er die Augen geschlossen hielt, schob sich seine Frau ins Bild: Gerda, als sie noch jung, wenn auch niemals schön gewesen war. Gerda, der die Jahre Würde verliehen. Seine Frau, als sie krank wurde. Die Herzoperation und die tausend Tode, die er in jener Zeit gestorben war. Gerda, die sich erholte und ihm noch zehn wunderbare Jahre schenkte. Nein, an das Ende wollte er nicht denken. Nur an ihre Güte, ihre Warmherzigkeit, ihre bedingungslose Loyalität und Liebe. Wenn er die Augen geschlossen hielt, ließ sich jede Szene ihrer Ehe wiederholen. Das Gedächtnis funktionierte perfekt. Alles funktionierte perfekt, bis auf die Tatsache, daß mit ihr das Beste an ihm gestorben war.

Mit offenen Augen kam deutsche Eiche ins Bild. Der Giftschrank. Die Erinnerung an einen Fall, der noch zu einem Ende kommen mußte. Schon Philipps wegen. Der arme Kerl, der sich im Irrgarten seiner Vergangenheit verrannt hatte und seiner Hilfe bedurfte. Das war schmeichelhaft, aber dennoch ein Gefühl am Rande. Wenn man zu alt wurde, verlor sich die Lust an großen Gefühlen.

Der junge Beamte, der vor seinem Eintreten geklopft hatte, ging vorsichtig auf den großen Schreibtisch zu. In seiner Hand trug er eine Mappe, die den Stempel «Geheim» trug, und er legte sie mit spitzen Fingern auf Walters Schreibtisch.

Der Alte haßte jeden, der seine Ruhe störte. Er wartete, bis der Feind aus dem Raum war, und schlug gelangweilt die Mappe auf. Der jüngste Bericht über Aktivitäten rechtsradikaler Organisationen in den neuen Bundesländern: Na und, dachte Walter, nachdem er ihn überflogen hatte. Wir werden diesen Bericht weiterleiten, und es wird Aktennotizen geben, vielleicht eine Besprechung... und dann nichts. Nichts war ein Wort, mit dem er sich mehr und mehr anfreunden konnte.

Während der erfahrene Spion sich in philosophischen Betrachtungen verlor, beobachtete die Anfängerin ihre Zielobjekte mit deutlicher Nervosität. Philipp Handke und Rolf Harrenberg saßen drei Tische von ihr entfernt und waren in ein Gespräch vertieft, dessen Inhalt Anna nur ahnen konnte. Harrenberg, den Anna auf den ersten Blick unsympathisch gefunden hatte, gab sich betont gelassen. Er hatte die Beine übereinandergeschlagen, wippte mit Schuhen, die selbst aus der Entfernung glänzten, und streifte gelegentlich unsichtbare Fäden von seinem beigen Seidenanzug. Neben ihm, auf dem Boden, stand ein Aktenkoffer aus Straußenleder, farblich passend zu seinem Outfit. Rolf Harrenberg trank Bier in kleinen, zierlichen Schlucken. Sein Gegenüber wirkte dagegen äußerst angespannt. Anna erkannte es an der verkrampften Körperhaltung und daran, wie Philipp die Kaffeetasse mit beiden Händen umklammerte.

Anna rauchte und bemühte sich, die beiden nicht allzu auffällig anzustarren und sich ab und zu hinter ihrer Zeitung zu verstecken. Eine halbe Stunde hatte sie die beiden jetzt im Visier. Nachdem Philipp sie in der Redaktion angerufen hatte, war sie sofort in das Café gegenüber vom

Bahnhof gefahren. Er hatte sie gebeten, Harrenberg nach dem Treffen zu folgen und besonders eines im Auge zu behalten: den Aktenkoffer. Er will die Papiere irgendwo deponieren. Sagte Philipp. Und Annas Aufgabe war, herauszufinden, wo er sie deponierte.

Ganz einfach, hatte Anna gedacht, aber jetzt war sie nervös. Nicht, weil sie ihr Auto im Halteverbot vor dem Café geparkt hatte. Ein Gefühl. Ein Gefühl, das ihr sagte, daß etwas ganz Schreckliches schiefgehen würde. Was redeten die zwei so lange miteinander? Und der Mann zwei Tische weiter: Was glotzte er sie so an? Noch ein Spion oder bloß ein geiler alter Bock, der in Cafés auf Frauenfang war?

«Noch einen Kaffee, gnädige Frau?»

Anna zuckte zusammen und beantwortete die Frage der Serviererin mit einem Nicken. Sie sah über dem Rand ihrer Zeitung, daß Philipp jetzt sprach, sehr ernst und sehr eindringlich, während Harrenberg so ganz mies lächelte. Ein Mann, dem Anna ohne weiteres zutraute, über Leichen zu gehen. Auch über Susanne Sawitzkis Leiche?

Sie hatte mit Philipp nicht mehr über sie gesprochen. Er sprach überhaupt nicht viel. Er schlief bei ihr, aß mit ihr, glotzte mit ihr in die Fernsehkiste – aber im Grunde war er permanent abwesend, und Anna machte nicht den Versuch, ihn zum Sprechen zu bringen. Anna hatte Angst. Vor ihren Fragen und vor seinen Antworten. Anna ging mit einem Gefühl der Erleichterung aus ihrer Wohnung in die Redaktion. Und jetzt brauchte er ihre Hilfe: Das war gut, weil es auch eine Form der Ablenkung war.

Der ältliche Mann zwinkerte ihr zu, und sie hakte ihn als «geilen Bock» von der Spionageliste ab. Rolf Harrenberg winkte der Kellnerin und legte mit großspuriger Geste einen Hundertmarkschein auf den Tisch. Anna beobachtete, daß die beiden Männer kurz darüber stritten, wer bezahlen durfte, und es kam ihr reichlich lächerlich vor. Dann stand Harrenberg auf, den Hunderter ließ er auf dem Tisch liegen, nahm den Aktenkoffer an sich und streckte Philipp zum Abschied die Hand hin, eine Geste, die Philipp geflissentlich übersah.

Anna hatte zwanzig Mark aus ihrem Portemonnaie genommen, als Harrenberg schon an ihr vorbei zum Ausgang ging. Aus Detektiv- und Spionagefilmen wußte sie, daß der Beschatter nicht sofort aufspringen und hinterherrennen durfte. Unauffällig stand sie auf, drückte der Kellnerin den Geldschein in die Hand (brauchten Spione Quittungen?) und folgte ihrem Objekt zum Ausgang, nachdem sie mit Philipp einen kurzen Blick gewechselt hatte. Annas Partner in diesem Spiel war demonstrativ sitzen geblieben.

Rolf Harrenberg stand an der Fußgängerampel gegenüber dem Bahnhof und starrte ungeduldig auf dessen gemächliche Fassade. Anna starrte auf seinen Rücken. Es gab drei Möglichkeiten: laufen, Taxi oder Zug. Sie tippte auf Taxi, wenn er die Papiere irgendwo in Bonn deponieren wollte.

Anna blieb stehen, als die Ampel auf Grün sprang. Als sie sah, daß Harrenberg tatsächlich auf ein Taxi zusteuerte, sprintete sie (unauffällig?) zu ihrem Wagen. Dachte kurz, daß ein Jaguar Jahrgang 63 nicht gerade das ideale Beschattungsauto war. Kein zweites Taxi in Sicht, das die Verfolgung aufnehmen konnte: Als Harrenbergs Wagen anfuhr, sprang Anna in ihr dunkelblaues Gefährt, wendete in einem lebensgefährlichen Manöver, das verschiedene Verkehrsteilnehmer mit Hupen und Drohgebärden quittierten – und folgte dem Taxi.

Er will zu einer Bank, dachte Anna, als sie ihm durch die Unterführung in die Poppelsdorfer Allee folgte. Das Taxi fuhr zu schnell und Anna auch. Jetzt bog es nach rechts ab.

An der Victoriabrücke stand eine Ampel auf Rot, dann reihten sie sich in den Verkehrsstrom Richtung Innenstadt ein. In der Bornheimer Straße drehte sich Harrenberg einmal zu ihr um, und Anna duckte sich unwillkürlich, eine überflüssige Geste, denn er schien nur den Wagen zu taxieren.

Anna sah das Kind, das über die Straße lief, einen Sekundenbruchteil zu spät, weil sie ihren Blick auf das Taxi konzentriert hatte. Anna sah das Kind. Anna fluchte und trat gleichzeitig so hart auf die Bremse, daß der Wagen ins Schlingern und außer Kontrolle geriet... und mit einem harten Aufprall, verbunden mit häßlichen Knirschgeräuschen, zum Stillstand kam.

Es war still, als Anna wieder zu leben anfing. Sie hing in ihrem Sicherheitsgurt und spürte ein taubes Gefühl im Nacken und im Kopf. Vor ihr, etwas zu nah, war ein Laternenpfahl. Neugierige Gesichter waren an die Scheibe gepreßt. Anna öffnete vorsichtig die Tür und drückte die Gesichter weg.

«Das Kind. Ist es okay?» fragte sie in die Gesichter hinein, und jemand antwortete: «Dem Kind ist nichts passiert. Aber Ihr Auto...»

«Das schöne Auto», klagte ein junger Mann mit einem Unterton von Schadenfreude.

Gott sei Dank, war Annas erster Gedanke. Der zweite: Verdammte Scheiße, ich habe den Wagen zu Schrott gefahren. Sie stieg vorsichtig aus, die Beine waren okay, nur der Nacken fühlte sich komisch an. Ganz steif. Sie rieb sich ihren Nackem, während sie das Ergebnis der abrupten Begegnung zwischen ihrem Auto und dem Laternenpfahl betrachtete. Der Laternenpfahl war sehr stabil, aber jetzt verbogen. Der rechte Kotflügel war Schrott. Der Anblick trieb Anna beinahe Tränen in die Augen. Schließlich dachte sie daran, wieviel Geld und Zeit es kosten würde, die Kiste zu reparieren. Und das zu einem Zeitpunkt, an dem sie ihr Konto überzogen hatte. Anna dachte an Mutters Erspartes, den Notgroschen, den sie geerbt hatte. Der Fall der Not war hiermit eingetreten.

Die beiden Polizisten hatten sich den Weg durch die Neugierigen gebahnt und standen jetzt vor Anna, die erst jetzt daran dachte, daß sie Harrenberg verloren hatte. Das auch.

«Sind Sie verletzt?» fragte einer der beiden Polizisten.

«Wahrscheinlich den Nacken gestaucht», sagte Anna, die sich in Gegenwart von Polizisten stets schuldig fühlte. Nachdem sie alle Fragen beantwortet hatte, wurde ihr übel. Jemand rief: «Holt einen Krankenwagen.»

XV. Kapitel

Annas Schleudersyndrom hatte äußerliche und innerliche Konsequenzen. Die Halskrause verlieh ihr das Aussehen eines unglücklichen Clowns. Eine Woche krank geschrieben zu sein zwang sie zum Nachdenken über das Leben im allgemeinen, Anna und Philipp im besonderen, die Affäre Sawitzki, den Tod... Annas Gedanken drehten sich im Kreis und endeten stets im Mittelpunkt ihrer Zweifel: Wenn Philipp ein Mörder war, würde Anna ihn decken?

Philipp war ausgezogen und zu seiner Familie zurückgekehrt, nachdem er Anna im Krankenhaus abgeholt und sie nach Hause gebracht hatte. Fürsorglich, trotz all seiner Sorgen. Er hatte sich um den Wagen gekümmert und ihr natürlich keine Vorwürfe gemacht, daß sie Harrenberg verloren hatte. Es sei ohnehin eine idiotische Idee gewesen, sagte er, um sie zu trösten, und Anna hatte das Gefühl, daß er aufgegeben hatte zu kämpfen. Es paßte nicht zu ihm, nichts paßte zusammen in dieser Geschichte. Anna hatte das Gefühl, daß er längst bereute, sie hineingezogen zu haben. Schließlich hatte sie auf spektakuläre Weise vermasselt, dem Mann mit den Papieren zu folgen. Nein, er wollte ihr nicht erzählen, worüber er mit Harrenberg gesprochen hatte. «Du mußt dich schonen, Anna. Und du kannst mir nicht mehr helfen. Die Geschichte wird zu Ende gehen, ohne daß du oder ich sie noch verändern können.» Abgang Philipp Handke zu seiner Familie, die keine dummen Fragen stellte.

Anna fühlte sich ausgenutzt. Der Mohr, der seine Schuldigkeit getan hatte. Mohr mit Halskrause. Annas Haare waren fettig, und sie sah grauenhaft aus. Saß in ihrem Bett, der Fernsehapparat war eingeschaltet, las Burgess' *Enderby* und rauchte. Fühlte sich benutzt und unbefriedigt. Die Redaktion hatte Blumen nebst Genesungswünschen nach Hause geschickt. Die Werkstatt hatte telefonisch gewarnt, daß die Reparatur circa drei Monate dauern und mindestens 10000 Mark kosten würde. Anna hielt Zwiesprache mit ihrer Mutter: Wäre sie damit einverstanden, daß Anna ein Drittel der Erbschaft dafür investierte? Oder wäre es besser, das Sparschwein auf Rädern zu verkaufen? Hätte Mutter ihre Tochter verraten, wenn diese ein Verbrechen begangen hätte? Nein, dachte Anna: Mütter tun so etwas nicht.

Die Türklingel war eine penetrante Erinnerung daran, daß das Leben weiterging. Der Klempner, dachte Anna, er hatte versprochen, «in den nächsten Tagen» vorbeizuschauen. Mit steifem Oberkörper schlurfte sie zur Tür, vergaß wie immer, die Sicherheitskette vorzulegen.

Der Klempner sah aus wie Ingrid Wells aus Berlin. Scheiße, dachte Anna, die hat mir gerade noch gefehlt.

«Tag, Anna. Was ist denn mir dir passiert?»

Anna registrierte, daß Ingrid nur eine große Handtasche und keinen Koffer bei sich trug. Das war immerhin beruhigend. Man konnte sie reinlassen.

«Ein kleiner Verkehrsunfall. Man nennt es Schleudersyndrom.»

«Das tut mir furchtbar leid», sagte Ingrid. Sie meinte es wirklich so, aber Anna dachte nur, daß in Anbetracht eigener Sorgen Ingrids Besuch schon zuviel war.

«Ich will auch gar nicht lange bleiben. Aber ich muß was ganz Wichtiges mit dir besprechen.»

Gut, dachte Anna und ging voraus in die Küche, in der in letzter Zeit alle wichtigen Gespräche stattgefunden hatten. Ingrid bot sich an, den Kaffee zu kochen, und Anna saß mit steifem Oberkörper am Küchentisch und beobachtete die kleine Blonde, die sich in ihrer Wohnung so hervorragend auskannte.

«Was macht der Kurs bei deiner Vermögensvermehrungsgesellschaft oder wie die heißt?»

Ingrid stellte zwei Tassen auf den Tisch. «Ich habe nachgedacht. Wenn die bloß Versicherungen und so vermitteln, dann kriegen die ja von denen Provisionen, und sie zahlen uns Provisionen und...»

«...damit werden die Versicherungen für den Endverbraucher etwas teurer. Ist doch klar.» Anna trommelte ungeduldig auf den Küchentisch. Ingrid schenke Kaffee ein. Anna deutete auf den Schrank und die Cognacflasche. Schließlich war es schon nach Mittag.

«Ich will aber meine Leute nicht übers Ohr hauen», sagte Ingrid. «Verstehst du das? Ich meine, ich wollte Geld verdienen und lernen, wie das alles funktioniert. Aber so blöde, wie die glauben, sind wir ja nicht. Ist doch irgendwie Beschiß – oder etwa nicht?»

Anna nickte und dachte: So funktioniert das System in seinen geldgierigen Randbezirken.

«Als ob sie uns nicht schon lange genug beschissen hätten. Prost, Anna.» Ingrid war nicht moralisch entrüstet, bloß enttäuscht. Als sie den Kursleiter mit den Ergebnissen ihres Nachdenkens konfrontiert hatte, war er zuerst wütend und dann richtig beredsam geworden. Hatte sie so mit Worten und Zahlen zugedeckt, daß ihr hinterher der Kopf rauchte und sie gar nichts mehr wußte. Außer, daß sie trotzdem recht hatte.

Sie wird mich jetzt fragen, ob ich nicht einen Job für sie wüßte, dachte Anna.

«Aber deshalb bin ich nicht gekommen. Es ist wegen Erich.»

Anna hatte ein schlechtes Gedächtnis, aber Ingrid nahm ihr das nicht übel. «Erich Wells, mein Ex. Wir haben uns zufällig getroffen, hier in Bonn, und dann noch mal und, na ja wie das so ist... Er ist viel netter geworden, der Erich, nicht mehr so aufgeblasen wie früher.» Ingrid machte eine Pause, und Anna sah etwas gelangweilt aus.

«Na ja, gewissermaßen haben wir uns wiedergefunden, der Erich und ich. Und eigentlich geht es um ihn: Du bist doch eine große Journalistin.»

Feststellung, keine Frage. Bevor Anna Einspruch erheben konnte, sprach Ingrid schon weiter. «Der Erich arbeitet mit ein paar seiner Kameraden von früher bei einer Düsseldorfer Beratungsfirma. Ein piekfeiner Laden. Sie machen Ost-West-Geschäfte, verstehst du.»

Anna sah nicht mehr gelangweilt aus. Immer noch wie ein Clown mit Halskrause, aber sehr ernst und konzentriert.

«Der Besitzer heißt Rolf Harrenberg. Und Lutz Böhm, der war bei der Stasi, aber was höher als mein Erich, der ist irgendwie sein Partner. Der Böhm hat Erich und Andreas nach Düsseldorf geholt, nachdem drüben alles zusammengebrochen war.»

Sag jetzt nichts, was Ingrids Redefluß stoppen könnte, Anna. Ganz ruhig bleiben und zuhören.

«Erich will jetzt aussteigen.» Ingrid sprach diesen Satz sehr bedeutungsschwer aus. Schließlich hatten sie und Erich eine Nacht lang darüber gesprochen, und Ingrid war sehr stolz auf sich, daß sie die tolle Idee gehabt hatte, Anna Marx ins Spiel zu bringen. Zur Abwechslung nicht Erichs Beziehungen, sondern IHRE. «Er will alles erzählen, was er über die Stasi weiß. Und über das, was jetzt läuft. Gegen Geld natürlich, weil wir ja neu anfangen müssen. Und ich hab mir gedacht, daß deine Zeitung...?»

«Warum will er aussteigen?» Anna schenkte Cognac nach und fragte sich, ob das eine Falle war. Harrenberg, Philipp, eine Tote und die Familie Wells: Wieviel Zufall braucht der Mensch, um mißtrauisch zu werden? Anna dachte an ein Erlebnis vor zwei Wochen: Da hatte eine Frau ihr in der Innenstadt einen Zettel in die Hand gedrückt, und Anna hatte automatisch ihre Handtasche festgehalten, als die Frau zu nahe kam. Auf dem Zettel hatte etwas von Gott und Liebe gestanden, und daß die Menschen einander vertrauen müßten. Die Frau hatte einen leicht verrückten Eindruck gemacht.

«Die Sache wird ihm zu heiß», sagte Ingrid. «Die haben was in der Hand, um Leute hier zu erpressen, und damit machen sie Geschäfte. Erich sagt, das ist nicht legal. Er ist nämlich ein anständiger Mensch, eigentlich.» Sie sah Anna forschend an und fand eine Spur von Zustimmung in dem Gesicht über der Halskrause. «Und da ist noch die Sache mit dem Mädchen. Sie hat auch für die Interconsulting gearbeitet. Und Erich glaubt, daß Lutz Böhm was mit ihrem Tod zu tun hat. Sie ist aus dem Fenster gesprungen, heißt es. Und Lutz Böhm ist verschwunden. Es ist alles so komisch. Jedenfalls will Erich 'ne halbe Million für seine Geschichte. Auf einem Schweizer Konto.»

Ingrid sah ehrfürchtig aus, als sie die Summe nannte. Anna dachte, es ist zuviel, das wird die Zeitung nie zahlen, obwohl es eine tolle Geschichte ist. Nicht einmal die Hälfte, aber jenseits all dieser Überlegungen ist dies die erste richtige Chance, Philipp zu helfen. Wenn Lutz Böhm es war, dann war ihr Gefühl, daß es kein Selbstmord war, richtig gewesen – und ihr Zweifel an Philipp falsch.

«Darüber läßt sich reden», sagte Anna vorsichtig in Ingrids erwartungsvolles Gesicht. «Es ist natürlich viel Geld, darüber muß bei uns höheren Ortes entschieden werden. Und dein Mann müßte natürlich irgendeine Kostprobe liefern... am besten wäre es, wenn ich selber mit ihm sprechen könnte.»

Ingrid schüttelte den Kopf. «Erich sagt, er muß sehr vorsichtig und konspirativ sein. Aber das mit der ... Kostprobe... das könnte er machen. Er hat irgendeinen Aktenkoffer von Harrenberg übernommen, da sind Papiere drin, mit denen ein Bonner Beamter erpreßt wird. Er hat sie für Harrenberg in einer Bank deponiert.»

Volltreffer! Anna machte eine ruckartige Bewegung der Freude und spürte einen stechenden Schmerz im Nacken, der ihr die Tränen in die Augen trieb. Ingrid sah sie mitleidig an, was war sie doch für eine gute Seele. Sie hätte es verdient, wenn Anna jetzt ehrlich zu ihr gewesen wäre. «Das wär genau das Richtige. Mit diesen Papieren könnte ich zur Chefredaktion gehen und über den Preis verhandeln. Wann kann ich sie haben?»

Ingrid war ein wenig überrascht über Annas leidenschaftliche Eile. «Ich muß erst mit Erich sprechen. Aber ich denke, in dieser Woche... Wird das auch klappen mit der halben Million, Anna? Wir wollen damit nach Italien. Alles, was Erich weiß, will er auf Bänder sprechen, und die Papiere müßte er zum Teil aus Harrenbergs Safe klauen...» Mein Gott, hoffentlich klappt das auch, dachte Ingrid plötzlich. Sie sah Anna hilfesuchend an.

«Wenn wir es nicht machen, vermittle ich ihn an einen anderen Verlag. Voraussetzung ist, daß seine Informationen das wert sind, verstehst du?» Sie sind es wert, dachte Anna: Wenn er beweisen kann, daß Harrenberg Bonner Beamte und Politiker erpreßt. Sie dachte: Ich sage Philipp nichts davon, bis Ingrid mir die «Kostprobe» bringt. Und dann? Wenn Erich Wells seine Enthüllungen verkauft, würde es Harrenberg an den Kragen gehen – aber auch seinen Opfern. Auch Philipp.

XVI. Kapitel

«Du hast dich verhalten wie ein Anfänger.» Walter Fuhrmann stand in Philipps Büro, von dem er sicher war, daß es nicht abgehört wurde. Frau Behringer war beim Arzt. Er konnte also auch laut werden – und er tat es. Sein Freund sah aus, als ob er ihm überhaupt nicht zuhörte. Verschlossen und distanziert saß er hinter seinem Schreibtisch, während Walter im Büro auf und ab ging wie ein gereizter alter Tiger.

Walter zeigte mit dem Finger auf Philipps Herz: «Ich hatte alles im Griff. Da mußt du zu dieser Marx ziehen und dich ohne mein Wissen mit Harrenberg treffen. Hast du sonst noch irgend etwas unternommen, das ich erfahren sollte?»

Ja, dachte Philipp. *Ja.* Aber er sah seinen Freund nur lange an und schüttelte den Kopf. Es war zuviel für seinen Mut. Walter wanderte wieder auf und ab. Er zog sein linkes Bein ein wenig nach, so wie eben die Wahrheit zu hinken pflegt. Und er schien nicht wahrzunehmen, daß der Mann hinter dem Schreibtisch ein anderer war. Walter blieb dicht vor Philipp stehen. «Du bist ein fähiger Beamter, mein Freund, und ich kann mich nicht erinnern, daß du jemals einen politischen Fehler begangen hättest. Aber diese Affäre zu bereinigen ist nicht dein Metier. Jeder soll das tun, was er am besten kann, Philipp: Wir haben Harrenbergs Mitarbeiter Lutz Böhm aus dem Verkehr gezogen. Die Schlinge sitzt um Harrenbergs Hals. Du brauchst nichts weiter zu tun, als abzuwarten und dich rauszuhalten. Wieso bist du nach Berlin geflogen?»

Philipp sah zu ihm auf. «Woher weißt du das?»

«Ist das wichtig? Es gehört zu meiner Arbeit zu wissen, was Leute tun und unterlassen...»

Wie ein Krake, dachte Philipp, der über unser aller Leben wacht und uns beschützt oder zerstört, je nachdem, wem wir nützen oder schaden können. Er wußte von Walters Giftschrank – es würde eine Generation dauern, bis der Staub der Geschichte über ihm lag. Walter hatte viel Macht. Und er hatte lange gebraucht, um zu begreifen, daß mit zunehmendem Alter und zunehmender Macht ein Mensch verlorengegangen war. Philipp war nicht mehr imstande, in Walter nur noch den Mentor zu sehen, den väterlichen Freund und politischen Ratgeber. Jetzt nicht mehr.

«Die meisten Menschen unterliegen dem Irrtum, einen Fehler mit weiteren revidieren zu wollen. Ich hätte dich für klüger gehalten.»

Ich mich auch, dachte Philipp. Aber was wußte man schon über sich bis zu dem Tag, an dem die Normalität Purzelbäume schlug? «Ich nehme an, diesem Böhm wird nichts geschehen – und Harrenberg auch nicht. Sie wissen zuviel, nicht wahr, Walter?»

«Wir werden sie stoppen – und unter anderem deine Karriere retten – wenn wir Glück haben.» Der alte Mann dachte daran, daß viele Grenzfälle nur mit einer Mauer des Schweigens zu retten waren. Wie unfair von seinem Freund, ihm die Bürde seines Amtes als Altlast vorzuwerfen. Als ob es seine Schuld wäre, daß Menschen so fehlbar waren, und er der oberste Lumpensammler ihres Mülls. Gerade Philipp hatte nicht das Recht, ihn aus seinem zerbrechlich gewordenen Glashaus zu bombardieren. Sprich das Thema an, dachte Walter: Sag endlich, was dich wirklich quält. Wir haben immer offen miteinander geredet, aber damit scheinst du jetzt aufzuhören. Tut weh, dachte Walter. Er hätte es nicht für möglich gehalten, daß sein altes Herz noch so empfindlich war.

Die beiden Männer starrten sich beinahe hilflos an. Es war Walter, der sich abwandte. An der Tür: «Wir werden Harrenbergs Büro durchsuchen. Und dann einen Deal mit ihm machen. Ich denke, daß er darauf eingehen wird: Die Kaiman-Inseln sind ein angenehmer Aufenthaltsort, wenn man etwas Geld dort angelegt hat.»

«Meinetwegen?» Philipp hielt Walter auf, der die Tür zum Sekretariat geöffnet hatte.

Ein schmales Lächeln: «Nicht nur deinetwegen... Sollte übrigens Frau Marx etwas über die Sache erfahren, wird es sehr kompliziert werden – für uns alle.» Walter wartete Philipps Antwort nicht ab, sondern schloß die Tür geräuschlos.

Anna knallte die Tür des Chefredakteurbüros geräuschvoll zu. Öffnete sie wieder, steckte Kopf und Halskrause durch die Tür: «Ist das dein letztes Wort? Du willst die Story nicht kaufen?»

Dr. Hans Gruber, der bei Annas starkem Abgang zusammengezuckt war, musterte seine behinderte Klatschtante mit gewisser Befriedigung. Sie war von ihm abhängig. Sie konnte nicht einfach aufspringen und Türen knallen und ihn sitzenlassen. «Wie ich schon gesagt habe: für ein Zehntel der Summe. Fünfzigtausend, mehr ist nicht drin, Anna.»

Anna schob den ganzen Körper durch die Tür. «Da wird er niemals drauf eingehen. Das ist lächerlich.»

«Mach die Tür zu. Erich Wells ist nicht Herr Schalck, Anna. Und selbst wenn er Belastungsmaterial gegen einen Minister hätte – eine halbe Million übersteigt unsere Möglichkeiten bei weitem. Außerdem hättest du die Sache mit dem Kollegen Mertens absprechen müssen. Ist schließlich sein Ressort.»

Aber meine Story, dachte Anna bockig.

«Sag ihm doch einfach, wir brauchen mehr Informationen, ein paar Kostproben, um die Sache zu entscheiden. Wenn der Deal platzt, haben wir immer noch ein paar Häppchen in der Hand. Und nimm Mertens mit, wenn du ihn das nächste Mal triffst, Anna. Mit diesen Stasi-Typen ist nicht zu spaßen.»

Der Chefredakteur wandte sich seiner Zeitung zu und überließ es Anna, sich böse schweigend davonzuschleichen. In letzter Sekunde gab sie der Tür dann doch einen kleinen Schubs, so daß sie lautstark ins Schloß fiel.

«Gehen Sie noch einmal rein?» fragte Grubers Sekretärin.

«Nie wieder.» Anna rauschte hocherhobenen Hauptes an ihr vorbei, eine andere Möglichkeit der Kopfhaltung war ohnehin ausgeschlossen. Aber trotzdem funktionierte er leidlich, der Kopf: Ich werde Mertens kein Sterbenswörtchen sagen, dachte Anna. Ich werde die Kostprobe, die ich ja schon habe, an Philipp weitergeben. Ingrid und Erich Wells? Anna überlegte, ob sie einen Kollegen von der Konkurrenz... Es war verdammt schade, aber schließlich konnte sie die beiden nicht so einfach sitzenlassen. Doch Philipp zuerst: Nach dem lächerlichen Unfall brauchte ihr Stolz etwas Nahrung.

Eine Kollegin, die im siebenten Monat war, stieß mit Anna zusammen, entschuldigte sich, blieb neben ihr stehen. Anna bewunderte den Bauch und dachte, wie verdammt unfair das Leben doch war: Andere hatten Beruf, Mann und Kind – während Anna sich mit Susanne und Stasi beschäftigen mußte.

«Ja», sagte die Kollegin. «Es wird bestimmt schön werden. Ich habe mir immer schon gewünscht, in Personalunion erfolgreiche Journalistin, liebevolle Mutter, perfekte Hausfrau und wunderbare Geliebte zu sein. Wir schaffen das schon.» Sie klopfte auf ihren Bauch und ging weiter.

Anna blieb stehen. Irgend etwas am Leben war verkehrt. Man starb nur, bevor man es rausbekam.

XVII. Kapitel

Die exquisiten Büroräume der Interconsulting wurden von fünf sehr höflichen Männern mittleren Alters auf den Kopf gestellt, während in einem Düsseldorfer Zwei-Sterne-Restaurant Rolf Harrenberg und Walter Fuhrmann über Informationen und Geld sprachen. Schon während des ersten Gangs – Variationen von Nudeln mit Trüffelsauce – hatte Walter seinen Gast darauf hingewiesen, daß es relativ einfach war, die Schlinge des Landesverrates um einen Hals zu legen, der bereits exponiert war. Da dies als Planspiel bereits im Hause diskutiert worden war, liefen Walters Erklärungen sehr präzise auf unwiderlegbare Beweise und eine zu erwartende Haftstrafe von fünfzehn Jahren hinaus. Rolf Harrenberg war beeindruckt, wenngleich er seinerseits darauf hinweisen mußte, daß ein öffentlicher Prozeß auch dem Ansehen gewisser Persönlichkeiten Schaden zufügen würde. Walters Erwiderung (Wer sagt denn, daß es zu einem Prozeß kommt?) hatte den Boden fruchtbarer Verständigung bereitet.

Lutz Böhm und Andreas Schalke sahen sich nach Tagen wieder – allerdings in einem Raum, der hinter ihnen abgesperrt wurde. Böhm beruhigte seinen Untergebenen: Dies sei nur eine Zwischenstation, denn man würde sie für neue Aufgaben einsetzen. Es gab Berufe, die nie aus der Mode kamen. Sie folgten den Gezeiten von Ebbe und Flut: Mit den neuen Konstellationen im Osten waren hohe Wellen angesagt.

Ingrid und Erich Wells saßen in einem großen Reisebüro in Köln und studierten Reiseziele. Ingrid favorisierte Italiens Küste, während Erich das Südländische begrenzen wollte und Slowenien ins Gespräch brachte. Sein Argument war, daß ein Land im Aufbau Männer wie ihn gebrauchen konnte.

Anna Marx und Philipp Handke waren über eine Handakte gebeugt, die seine Verstrickung im Leben Susanne Sawitzkis dokumentierte. Eine banale Geschichte, zumindest in der Terminologie der Papiere. Es beschämte ihn, über sein Leben zu lesen, schon gar mit Anna an seiner Seite. Aber natürlich hatte sie ein Recht darauf, nach allem, was sie für ihn getan hatte. Andere Frauen schenkten seidene Krawatten – Anna schenkte eine Stasi-Akte. Erich Wells Kostprobe, wie sie sagte: «Angeblich gibt es keine Kopien. Wenn das stimmt, bist du aus dem Schneider.»

Unverdient. Philipp betrachtete Anna, die beide Hände auf den Küchentisch gestützt hatte und ihn zweifelnd ansah. Mit ihren straff aus dem Gesicht gebundenen Haaren sah sie bäuerlicher aus, ein bißchen älter auch. Sie brauchte ihn, und er brauchte sie, und das war es, was sie in diesen Zeiten Liebe nannten. Er wußte nicht, ob es reichte. Und er war nicht sicher, daß es keine Kopien gab.

«Was willst du mit der Familie Wells anfangen?»

Anna hatte darüber nachgedacht: «Wenn dieser Redakteur nicht anbeißt, könnte man ihn doch immer noch an unsere Staatsschützer vermitteln. Du hast doch diesen Freund da – ich nenne ihn immer M – nach den Bond-Filmen.»

«Walter Fuhrmann.»

«Genau der. Ich meine, vielleicht zahlen die was für das Material. Muß ihnen ja was wert sein, Leute wie dich aus dem Schußfeld der Presse zu halten.» Die Kleinen, dachte Anna, hängen immer. Und die Großen machen aus Stricken Schlingen. Und ich – ich spiele auch noch mit dabei.

Je nachdem, dachte Philipp. Wie naiv Anna doch war. Vielleicht nur ein guter Mensch, weil ihre Phantasie des Bösen begrenzt war. «Die Idee ist nicht abwegig. Aber Walter ist nicht das richtige Subjekt.»

Natürlich fragte sie: «Warum?» Philipp sagte: «Weil er Susanne Sawitzki umgebracht hat. Davon bin ich jedenfalls überzeugt.»

Anna kratzte sich am Kinn. Sagte: «Ah, ja.» Dann schwieg sie. «Ich dachte, du wärst es gewesen. Wieso Walter Fuhrmann?»

Wenn sie ihn damit schockieren wollte, war es zu spät. Philipp stand auf und holte die Whiskyflasche aus dem Schrank. *Paddy*, für jeden ein Glas voll. Die Leber war zur Zeit kein wichtiges Organ.

«Walter hat sich persönlich um Susanne gekümmert, nachdem sie im Westen war. Das hat sie mir erzählt – und das ist verdammt ungewöhnlich, wenn man seine Position bedenkt. Es kann nur bedeuten, daß er wußte, für wen Susanne gearbeitet hat – und daß er sie vor seiner Behörde schützen wollte. Susanne war überzeugt, daß Walter und ich dazugehörten – zur Böhm-Riege. Sie glaubte das wirklich – und was Walter betrifft, so glaube ich es langsam auch.»

Ein Doppelspion: Anna sah aus wie ein Kind unterm Weihnachtsbaum.

«Aber du bist nicht sicher.» Der *Paddy* lief samten durch Annas steifen Hals. Noch zwei Tage, dann würde die Krause fallen.

«Ich kann es nicht beweisen. Ich habe nur Susannes Worte. Sie sagte auch, daß sie Angst vor Böhm hatte, aber noch mehr vor Walter. Sie wollte weg und sie brauchte Geld. Ich habe ihr zehntausend zugesagt, aber es war nicht genug. Und ich glaube, den Rest wollte sie sich von Walter holen. Ihn erpressen. Sie war wie besessen von der Idee, aus dem ganzen Dreck herauszukommen. Susanne haßte die Vergangenheit.»

Anna dachte, daß sie sich Walter, von dem Philipp ihr wenig erzählt hatte, immer als sehr alten Mann vorgestellt hatte. Jenseits böser Taten, sofern sie nicht staatlich sanktioniert waren. «Und weil sie dir das erzählt hat, glaubst du, daß Walter sie... Ich meine, dieses Motiv würde auch auf dich zutreffen, wenn man es genau nimmt.»

Philipp schlug mit der Faust auf den Tisch. Die Gläser klirrten, und Anna vergrub ihr Gesicht in der Halskrause. Dachte, daß er sie wohl kaum erwürgen konnte in seinem Zorn.

Er hatte es schon als Kind gehaßt, wenn seine Eltern ihm nicht glaubten: «Sag mal, auf welcher Seite stehst du eigentlich. Ich habe sie nicht umgebracht. Susanne war noch sehr lebendig, als ich die Wohnung verließ und Walter sah, der in das Haus ging.»

Das hätte er gleich sagen können. «Ich hätte dich sowieso nicht verraten», sagte Anna leise.

«Du bist eine lausige Detektivin. Hast du es wirklich geglaubt?»

Anna versuchte, den Kopf zu schütteln. «Hat er dich nicht gesehen?»

«Ich weiß es nicht. Aber Harrenberg behauptet, daß sein Partner Böhm mich am Tatort beobachtet hat. Also muß er auch Walter gesehen haben. Und Walter hat Lutz Böhm ganz plötzlich aus dem Verkehr gezogen. Das paßt doch alles zusammen, oder etwa nicht?»

«Du meinst, er hat ihn auch...?» Anna machte eine eindeutige Geste quer über ihren versteckten Hals und erntete ein Schulterzucken. «Aber wenn du das alles weißt – warum zum Teufel erzählst du es erst jetzt – und mir. Warum nicht ihm oder...»

Idiotin. «Soll ich ihm sagen, daß ich ihn für einen Mörder halte? Meinen alten Freund? Hast DU es MIR gesagt? Oder soll ich zum Staatsanwalt gehen? Und nebenbei meine Verstrickung in dieser Affäre gestehen? Von mangelnden Beweisen ganz zu schweigen... und dieser Rest Unsicherheit, daß es doch ein Selbstmord war.»

Anna schwieg.

«Weißt du, worauf ich Lust hätte, Anna? Auf ein Schiff zu steigen oder in ein Flugzeug und alles so zu hinterlassen, wie es ist.»

Konditionalform im Singular, dachte Anna. «Quatsch. Nach vier Wochen würdest du dich nach dem blöden Bonn zurücksehnen. Du kannst nichts dafür. Du bist eine leidenschaftliche Beamtenseele.»

Philipp sah Anna an: «Willst du immer noch ein Kind?»

Tod und Leben. Philipp und Anna. Die Frage paßte jetzt nicht, aber das Verrückte an ihm war wohl das Liebenswerte.

Anna glaubte ihm, weil seine Wahrheit unwahrscheinlich war und Unwahrscheinliches Anna magisch anzog. Das Absurde war, daß sie es fast bedauerte, daß es zu keiner Probe ihrer Loyalität gekommen war.

«Wir müssen miteinander reden: Walter, du und ich. Sag ihm, daß ich Erich Wells an der Hand habe. Daß Wells Geld verlangt. Schlag ihm ein Treffen vor, Philipp. Es muß irgendwie geklärt werden.»

Wieder so eine Geschichte, die nie geschrieben wird, dachte Anna. Als Journalistin bin und bleibe ich ein ewiger Verlierer. Wie hatte Mutter immer gesagt: «Man muß sich auf das konzentrieren, was man wirklich will.» Als ob Mutter einen ihrer Sätze je gelebt hätte... oder Anna wüßte, was sie wirklich wollte.

XVIII. Kapitel

Was hatten sie erwartet? Den Zusammenbruch eines reuigen Sünders?

Der alte Mann saß in seinem Ohrensessel wie ein König vor seinen Untertanen. Philipp war blaß und nervös, und Anna spielte mit ihrem Weinglas und einer Zigarette. Walter Fuhrmann hatte auf Philipps Anruf sofort reagiert und einen Termin für 23 Uhr in seinem Haus vorgeschlagen. Er hatte sich schweigend angehört, was die beiden zu sagen hatten. Keine Zwischenfragen, nur ein erstauntes Zucken der Mundwinkel, als Philipp seine Geschichte erzählte. Er gehört zu den Selbstgerechten, dachte Anna, die ihn beobachtete: Walter Fuhrmann hat in seinem Leben zu wenig Widerspruch erfahren, um seine Entscheidungen in Frage zu stellen. Ein starker Typ: Walter wirkte sicherer als Philipp, der sich in seinen Erklärungen gewunden und das Wort «Mord» nicht ausgesprochen hatte.

«Noch etwas Wein, gnädige Frau?»

Anna nickte, und er schenkte nach. Alte Hände, die nicht zitterten.

«Für ein Trio infernale reicht es nicht.» Walter Fuhrmann lächelte beinahe gütig. «Der Idiot –» er sah auf Philipp – «die gute Fee –» mit Blick auf Anna – «und der Bösewicht.»

Anna sah Philipp an, der zusammengezuckt war.

«Wobei man nicht außer acht lassen sollte, daß die Geschichte mit verteilten Rollen ein gutes Ende genommen hat. Kein Skandal für Philipp Handke. Herr Harrenberg aus Düsseldorf hat sich überzeugen lassen, daß sein Pokerspiel ein böses Ende gefunden hätte. Seine Unterlagen befinden sich in einem gut verschlossenen Schrank, und Harrenberg wird nach Abwicklung seiner Angelegenheiten ins Ausland reisen, wohin er bereits einen Teil seiner Gewinne transferiert hat.»

«Ein Gentlemen's Agreement.» Annas Stimme war sehr sarkastisch. Walter sah sie leicht strafend an, bevor er fortfuhr:

«Die Herren Böhm und Schalke werden sich anderen Aufgaben zuwenden und jenes Maß an Stillschweigen bewahren, das zu ihrem Beruf gehört. Und was Ihren kleinen Informanten betrifft, Frau Marx...»

«Erich Wells.»

Walter lächelte milde. «Ich glaube schon, daß wir ihm ein besseres Angebot machen werden, als dies die Medien könnten. In vielerlei Hinsicht.»

Ich glaub's, dachte Anna. Und daß es ein Fehler war, Erich Wells an Walter auszuliefern. «Wenn ihm oder seiner Frau etwas passieren sollte, würde ich nicht zögern ...»

«Machen Sie sich nicht lächerlich.» Seine Stimme war scharf, und er hatte, eine alte Gewohnheit, seinen Zeigefinger auf Anna gerichtet. «Wir sind keine Bananenrepublik, liebe Frau Marx.» Zu Philipp: «Oder möchtest du mir in diesem Punkt widersprechen?»

Philipp Handke schüttelte den Kopf. Ihm war ein wenig übel, was am Streß liegen konnte, an zu wenig Schlaf und zu vielen Zigaretten. Er fühlte sich schwach und auf eine merkwürdige Art gleichgültig gegenüber dem Ausgang dieses Gespräches. Wie hatte Walter gesagt? Eine Geschichte mit gutem Ende. So, wie Anna sie mochte. Aber nicht dieses Ende. Er sah es an ihrem Gesicht.

Walter Fuhrmann sah es auch: «Sie werden nichts schreiben, Frau Marx. Da wir drei das bereits wissen, können wir diesen Punkt abhaken. Was nun diese Frau betrifft – Susanne Sawitzki ...» Er sah Philipp an, er sprach zu ihm: «Sie soll rausgehen und draußen warten.»

«Nein.» Anna und Philipp sagten es gleichzeitig.

Männer und Frauen, das ergibt in der Summe immer Fehlverhalten, dachte Walter. In gewissem Sinne traf das auch auf seine Person zu. «Na gut. Dann bleibt es eben bei einer Verschwörung zu dritt.» Er sah Anna fast liebevoll an: «Sie hören wohl nie auf gute Ratschläge.»

«Doch», sagte Anna, «manchmal. Aber ich bleibe.»

Walter lehnte sich in seinem alten Sessel zurück und schloß die Augen, als er weitersprach. «Vorausschicken möchte ich, daß ich nach Abschluß der Harrenberg-Affäre meinen vorzeitigen Abschied nehmen werde. Aus gesundheitlichen Gründen. Ich werde in mein Haus in Lugano ziehen und mit gutem Wein auf den Tod warten.»

Gleich kommen mir die Tränen, dachte Anna. Nun sag es schon, du abgeklärtes Ekel. Sag es!

Walter öffnete die Augen. «Ich habe mich zu einer Art Zusammenarbeit überreden lassen, als meine Frau diese Herzoperation brauchte. Mit meinem Beamtengehalt damals war die Operation nicht zu bezahlen. Man könnte es also einen edlen Grund nennen, aber... in der Nachschau ist das Motiv ja doch Geld. Ich habe mich kaufen lassen.»

Zu Philipp: «Du weißt, daß ich nie ein sonderlich überzeugter Spion war. Für mich war es immer nur ein Spiel von Figuren auf einem Brett, das in Schwarz und Weiß getrennt ist. Jede Seite macht zwangsläufig ihre Züge, alles unterliegt Regeln – und am Ende eines Spiels beginnt eben ein neues.»

Walter sah Philipp an, der sein Lächeln nicht erwiderte. Er sieht krank aus, dachte Walter. Ich muß mich kurz fassen. «Ich habe mich also kaufen lassen. Keine große Affäre. Unter anderem habe ich die kleine Susanne davor beschützt, in die Mühlen unseres Apparates zu gelangen. Aber sie hat es mir nicht gedankt. Als diese Idioten auftauchten und sie gegen Philipp ausspielen wollten, fing sie an durchzudrehen. Sie hat mich tatsächlich bedroht. Wollte mich erpressen. Alles auffliegen lassen. Ihre Geschichte an eine Zeitung verkaufen. Eine Modeerscheinung inkonsequenter Spione.»

Du verstehst es doch, fragte Walters Blick Philipp. Und er meinte, Verständnis zu sehen. «Ich habe sie aus dem Fenster gestoßen. Du hattest völlig recht, lieber Freund.»

Anna sah Philipp an. Er sah mitgenommen aus, nicht triumphierend.

«Ich hatte das nicht geplant, also wäre es juristisch nicht Mord, sondern Totschlag.» Zu Anna: «Die grammatikalische Form ist Ihnen sicher nicht entgangen. Susannes Tod ist mit einer solchen Vielzahl von Karrieren verbunden, daß die Aufdeckung der Wahrheit in keinem Verhältnis zu den Folgen stünde. Außerdem: Wen interessiert es schon – außer uns dreien.»

Anna stellte ihr volles Weinglas auf den Tisch, neben die Zierdecke, so daß es Ränder hinterlassen mußte. «Und das ist nicht Selbstschutz, sondern Staatsräson – nicht wahr, Herr Dr. Fuhrmann?»

Er hatte den Sarkasmus von Frauen immer als sehr bösartig empfunden. Seine Frau hatte nie in diesem Ton gesprochen. «Was meinst du dazu, Philipp?»

Walters Augen, auf ihn gerichtet. Anna, die ihn anklagend ansah, als ob er ein Richter wäre. Philipp hatte nie Richter oder Anwalt des Staates werden wollen und deshalb den Beamtenweg eingeschlagen. Ein bequemes Leben, so hatte es lange Zeit ausgesehen. Der stechende Schmerz in seiner Brust, er kannte ihn vom letzten Mal. Und er fühlte, wie der linke Arm taub wurde. Ihm war so übel – von allem.

«Es wird unter uns bleiben.» Hatte er das gesagt oder nur noch gekrächzt? Hörten die anderen ihn noch? Walters und Annas Gesichter wurden zu Fratzen, die ihn bedrohten... und wenn er nur seine Hand auf dieses verdammte Herz legte, würde der Schmerz aufhören und...

Er hörte Anna nicht mehr, die sagte: «Mein Gott. Es geht ihm schlecht. *Tun Sie etwas...*»

Er hörte Walters Stimme nicht mehr, die am Telefon im Befehlston einen Notarzt anforderte. Er spürte nichts mehr von der Welt, und es war gut so.

XIX. Kapitel

«Wenn Sie keine Verwandte sind, darf ich Ihnen keine Auskunft geben», sagte der Arzt zu der rothaarigen Frau, die seit drei Stunden vor der Intensivstation wartete.

Anna stellte sich vor ihn und versperrte ihm den Weg. «Jeder Mensch ist zu einem Mord fähig, Doktor. ICH AUCH. Sagen Sie mir ob er lebt.»

Er glaubte ihr nicht. Er schloß seine Lippen zu einem Strich und wollte sie zur Seite schieben, als sie ihn anschrie: «Sagen Sie es mir, oder…»

Eine Schwester kam aus der Intensivstation geeilt. Er haßte diese Auftritte zwischen Leben und Tod. Die Frau sah aus, als ob sie selbst reif für die Intensivstation sei.

«Er lebt.» Ein Flüstern. Eine Auskunft, die unvollständig war, weil man nicht wußte, ob er überleben würde. Aber die Frau war schließlich keine Verwandte. Dr. Handkes Frau und seine Kinder waren an seiner Seite. Die Frau vor ihm schloß die Augen, und er meinte, sie stützen zu müssen.

«Ist schon gut», sagte Anna leise. «Alles andere erscheint nicht mehr so wichtig.»

Sie ließ von ihm ab und ging durch den weißen Flur in Richtung Ausgang. Sie ging sehr gerade, was an der Halskrause liegen mochte. Eine große rothaarige Person. Sie kam ihm vage bekannt vor, aber letztlich blieben die Toten leichter in Erinnerung als die Lebenden.